Titelphoto: mit freundlicher Genehmigung von Johanna Teich

Bordesholmer Edition
Band 15

Zum Buch:
Manchmal möchte ich mich gern noch einmal verlieben. Aber das geht ja nicht so leicht.

Dann suche ich mir einen Abschnitt in meinem Leben aus, in dem ich noch einmal die große Liebe erleben möchte, und beginne zu schreiben, und siehe da, ich verliere die Kontrolle über das meiner Phantasie entsprungene, wunderbar zarte Geschöpf meiner Träume. Es entwickelt sein eigenes Leben und zieht mich für Wochen in seinen Bann.

Zum Autor:
Jahrgang 1940,
als Junge dem Jakob dieses Büchleins wohl sehr ähnlich.

Für Odile und Jakob

MIX
Papier aus verantwortungsvollen Quellen
Paper from responsible sources
FSC® C105338

Hartmut Wiedling

Odile

oder der verlorene Duft

Ähnlichkeiten der Protagonisten mit dem Autor oder anderen Personen sind zwar beabsichtigt, aber frei erfunden – also ebenso wenig zufällig wie bei Texten mit gegenteiligen Behauptungen.

Herstellung und Verlag:
BoD - Books on Demand, Norderstedt
ISBN 978-3-7357-1940-9

1.

Sofort war mir klar, dass sie nichts von mir wissen wollte. Dabei hatte sie mich nicht einmal angesehen. Wie war das möglich? Hatte man ihr von mir erzählt? Aber sie kannte doch noch niemanden hier außer ihrer Gastfamilie. Und die kannte mich vermutlich ebenso wenig wie ich sie. Gestern war dieses geheimnisvolle Mädchen angekommen. Heute war Sonntag. Keine Schule. Also hatten nicht einmal ihre zukünftigen Klassenkameradinnen sie bis jetzt gesehen. Und wenn doch, was sollten die ihr schon über mich gesagt haben? Ich war total unauffällig. Leider. Mädchen nahmen mich gar nicht wahr. Zumindest nicht die, für die ich mich interessierte. Warum sollten sie also mit der Neuen als erstes über mich reden?
Von meinen Kumpels konnte sie auch nichts Schlechtes über mich erfahren haben. Wir kamen prima klar miteinander. Vor allem im Sport. Ich war Torwart unserer Fußballmannschaft, galt als zuverlässig, und man schätzte meinen Überblick. Nein, von meinen Freunden hatte ich nichts zu befürchten.

Aber dass sie mich nicht einmal eines Blickes würdigte, nicht wenigstens kurz neugierig geguckt hatte, wer denn da auf dem Rücksitz saß, als sie einstieg! Als wäre ich Luft. Vielleicht interessierte sie sich nicht für Jungs. Könnte ja sein. Aber auch dann sagt man doch wenigstens guten

Tag. Schließlich sollte sie von nun an bei uns wohnen. Ich war ziemlich niedergeschlagen.
Schönes Haar hatte sie. Und sie war ganz schlank. Und ziemlich groß für ein vierzehnjähriges Mädchen. Ihr Gesicht konnte ich nicht sehen.

Seit unsere Französischlehrerin uns Bilder gezeigt hatte, waren wir alle neugierig auf die geheimnisvolle Fracht, die aus Frankreich kommen würde. Einige der Mädchen hatten auf den Fotos wirklich toll ausgesehen. Wo sie wohl untergekommen waren? Wenn einer glaubte, ein Exemplar gesichtet zu haben, verbreitete es sich wie ein Lauffeuer, und wir fuhren mit unseren Fahrrädern in der Gegend herum, wo wir die unbekannten Gäste vermuteten. Ich war auch schon unterwegs gewesen. Erfolglos.
Und nun auf einmal das Unfassbare: Eine von ihnen kam zu uns ins Haus. Für drei Wochen.
Das war so nicht vorgesehen gewesen. In der französischen Austauschgruppe waren nur wenige Jungs, und ich hatte keinen abbekommen. Die Mädels kamen alle in Gastfamilien, in denen Mädchen waren, in deren Klasse sie gehen sollten. Aber Odile – eben dieses langhaarige Wesen, das nun neben meinem Vater vor mir auf dem Beifahrersitz saß – hatte gleich am ersten Tag Probleme in ihrer Gastfamilie bekommen. Die mochten sie wohl nicht. Weiß Gott, warum. Empört haben sie bei der Französischlehrerin angerufen, und die hat sich an meine Mutter gewandt, weil sie im Elternrat war. Da hat sie sofort zugestimmt, sie bei uns aufzunehmen. Immerhin hatte ich eine Schwester. Ein Jahr jünger als ich. Und eine Klasse tiefer. Wenn die Französin zickig war – davon ging

ich aus, so wie sie mich ignoriert hatte und bei dem Start, den sie in der anderen Familie hingelegt hatte – könnte ich sie bei ihr abladen. Wenn nicht... und wenn sie so schön war, wie sie vom Rücksitz her betrachtet zu sein schien – kaum auszudenken. Ob ich dann nächstes Jahr zu ihr nach Frankreich dürfte? Oder eher meine kleine Schwester, nur weil sie ein Mädchen war?
Wie auch immer. Das würde ein Hallo geben, wenn ich morgen mit ihr in unserer Klasse aufkreuze.

Als Papa losfahren wollte, leuchteten die Signallampen: Das Mädchen hatte sich nicht angeschnallt.
Odile verstand nicht gleich, was mein Vater ihr sagte, ich tippte sie an und zeigte auf den Sicherheitsgurt.
„Ah oui. Pardon. Immer isch vergesse das."
Sie drehte sich um, suchte ein wenig unbeholfen nach der Gurtschnalle und versuchte, sie ins Schloss einzustecken. Mein Vater half ihr dabei.
Wieder hatte sie mich nicht angesehen. Aber für einen kurzen Augenblick sah ich ihr Gesicht, als sie sich umdrehte. Sofort erkannte ich sie wieder. Sie war eine von den dreien, auf die wir Jungs so neugierig geworden waren: Selbst im Profil war ihr großer Mund zu erkennen. Allerdings schienen die Schneidezähne ein wenig groß geraten zu sein, und ich meinte, zu erkennen, dass sie eine Zahnspange trug. Auf dem Bild war das nicht zu sehen gewesen. Aber da konnte ich mich auch täuschen.
Die Farbe ihrer Augen war vermutlich braun. Jedenfalls nicht blau, was bei den pechschwarzen Haaren auch erstaunlich gewesen wäre. Aber das konnte ich in dem kurzen Augenblick nicht erkennen, schließlich galt ihr Blick

nicht mir, sondern der Gurtbefestigung. Im Nu war ihr Gesicht wieder hinter den Haaren verschwunden, und sie drehte sich von mir weg nach vorne. Dabei fielen ein paar Strähnen über ihre Rücklehne und verbreiteten einen ungewöhnlichen Duft.

Eigenartig. Ich wusste nicht, wie Moschusparfum riecht, aber das hier musste es wohl sein. Ich hatte gehört, dass der Duftstoff von der nahe den Geschlechtsteilen gelegenen Drüse eines Ochsen stammt[1]. Ob das stimmte? Jedenfalls war der Geruch grenzwertig. Wäre er nicht von diesem Traum von einem Mädchen ausgegangen, ich hätte ihn eher der Landwirtschaft zugeordnet: Stall oder vielleicht Silage. Aber auch irgendetwas ganz anderes, anziehendes, war mit dabei. Raps? Maiglöckchen? Ich kannte mich nicht so gut aus. Ein wenig auch wie diese kaum zu bändigende, gerade wieder üppig blühende Kletterpflanze, die wir am Haus hatten. *„Jelängerjelieber*[2] *'* nannte sie meine Mutter. Ihr Duft konnte einem nicht entgehen, wenn man zur Blütezeit aus der Terrassentür in den frühsommerlichen Garten ging.

Vielleicht riechen französische Mädchen so, sagte ich mir. Vorsichtig näherte ich meinen Kopf den langen Haaren vor mir. Eindeutig. Es kam von ihr. Aufregend war er schon, dieser Duft. Und so eindringlich, dass ich an nichts anderes mehr denken konnte.

Für mich war es kein alltäglicher, aber mir dennoch nicht ungewöhnlicher Weg, durch die Nase erste Bekanntschaft zu schließen statt mit Augen und Sprache.

Ich liebte es, Menschen nach ihrem Geruch zu klassifizieren. Begegnete ich jemandem, den ich nicht mochte, atmete ich instinktiv aus. Ja, ich machte sogar einen

Bogen um ihn, um nicht in den Bereich unwillkommener Dünste zu geraten. Umgekehrt bei sympathischen Menschen oder welchen, die ich dafür hielt, vor allem natürlich, wenn ich einer von diesen kleinen Göttinnen begegnet, die ich verehrte, versuchte ich, ein wenig von ihrem Duft einzufangen, und ging möglichst nahe und langsam an ihnen vorbei.

Als ich mich genüsslich vorbeugte, um mit meinem Atem ein wenig von ihrer fremdländischen Seele einzufangen, merkte ich, wie eine gewaltige Duftwelle über die Lehne des Vordersitzes zu mir hinüber strömte. Ich lehnte mich zurück und genoss den überwältigenden Augenblick.

Vielleicht war es gar ein wenig zu viel des Guten. Als wir bei unserem Haus ankamen und ich ausstieg – immer noch konnte ich keinen Blick von ihr erhaschen – tat zu meiner Überraschung die frische Luft gut nach dem Überfluss mädchenhafter Ausdünstung, den ich während unserer kurzen Fahrt so lustvoll eingesogen hatte.

Immerhin konnte ich nicht widerstehen und ging als erstes um das Haus herum, um, solange die beeindruckende Sinneswahrnehmung noch in mir nachwirkte, an der Terrassentür das junge Sinnenerlebnis mit dem Duft der Geißblattblüten zu vergleichen. Ich redete mir ein, es gäbe eine Ähnlichkeit, wenngleich nur mit einem schwach vertretenen Element der Komposition, die ich eben erlebt hatte, sozusagen einem winzigen Spurenelement des betörenden Gesamtkunstwerkes.

2.

Wie kann man sich so täuschen! Als ich in den Hausflur kam, duftete es nicht, es stank. Schweiß. Keine Spur von Geißblatt oder wenigstens Raps. Hatte mein Vater so geschwitzt? – Nein. So schön es wäre, ein solcher Erklärungsversuch war unsinniges Wunschdenken. Papa roch anders. Herber. Und auch das nur, wenn er im Garten gearbeitet hatte oder Ärger in der Anwaltskanzlei gehabt hatte. Manchmal auch, wenn er vor Gericht einen schwierigen Fall zu verhandeln gehabt hatte und sein Bemühen am Ende erfolglos gewesen war. Und in letzterem Fall legte sich dann geruchsdämpfend sein ‚Joop' über alles – was ich aber noch weniger leiden mochte.

Nein, die Ursache des Desasters wurde gerade von meiner Mutter die Treppe hinauf auf direktem Wege ins Bad befördert. Als das Wasser zu rauschen begann, kam sie wieder runter.

„Nimm dich bloß in Acht! ", warnte mich meine Schwester.

„Dicke Luft", fügte sie, da wir familiäre Gefahrenmomente so zu umschreiben pflegten, hinzu und ging hinauf zu ihrem Zimmer, in dem man in aller Eile ein Gästebett für unseren überraschenden Besuch aus Frankreich aufgestellt und mit bunt geblümter Mädchenbettwäsche bezogen hatte.

„Dicke Luft", wiederholte Papa ihre Worte, „in jedem Sinne", und er öffnete schmunzelnd die Haustür zum Lüften.

Mit Spuren der Abscheu im Gesichtsausdruck kam Mama die Treppe herunter.

„So etwas hab ich wirklich noch nicht erlebt", flüsterte sie, vermutlich, um nicht von unserem Gast gehört zu werden. Eine unnötige Sorge, denn das Wasser rauschte weiter.

„Nicht einmal im Umkleideraum eurer Fußballmannschaft schafft ihr so einen Gestank!", wendete sie sich so vorwurfsvoll an mich, als hätte ich den Gestank verbreitet.

Wenn Mutter wütend war, wurde sie ungerecht, und man konnte sie wunderbar ärgern und in Widersprüche verwickeln. Ohne nachzudenken versuchte ich, meine eigene Enttäuschung an ihr abzureagieren:

„Du warst in unserem Umkleideraum?"

„Nein. Aber ich habe oft genug davorgestanden, wenn ich dich nach dem Spiel abgeholt hab. Das reichte."

Fehlschuss. Das ging nach hinten los.

Die Mutter sah sich in der blitzsauberen, täglich gewischten Diele um. Die Jacke unseres Gastes hing an der Garderobe. Blitzschnell ergriff sie das Kleidungsstück, roch kurz daran, verzog ihr Gesicht und eilte, das Kleidungsstück weit von ihrem Körper weg haltend, die Treppe zur Waschküche hinab.

Ich nutze die Gelegenheit, verzog mich auf mein Zimmer und las im Lexikon nach, was ich unter ‚Moschus' fand. Meine Erinnerung mit der Drüse hatte mich nicht getäuscht. Allerdings wohl eher nicht beim Ochsen, sondern vom Bullen. Genauer gesagt, vom Bock, denn das Moschustier glich eher einem Reh als einem Rind. Es sollte laut Lexikon sogenannte Pheromone enthalten. Nie gehört. Das Ergebnis meiner Suche nach der Bedeutung von Pheromonen, die sich in dem Drüsensekret befinden sollten, war rein chemisch-wissenschaftlich und daher für meine Neugier weniger aufschlussreich. Müsste ich vielleicht mal in Papas Brockhaus nachsehen. Desto interessanter war das dem Moschusduft zugeordnete Wort aphrodisierend, das auf das Wort Aphrodisiakum[3] verwies und mir unerwartete Erkenntnis bot. Sexuell anregen sollte also Moschusduft sein. Genau so hatte ich es erlebt.

Ich legte mich auf mein Bett, ging meinen Gedanken nach und träumte vor mich hin. Dann suchte ich zum wiederholten Mal einige Stichwörter auf, die spezifisch auf Mädchen zugeschnitten waren. ‚Vielleicht riecht sie ja nur manchmal', sagte ich mir, ‚aber wenn sie wirklich so unsauber ist, wie es den Anschein hat, kann sie sich ja bei Mama auf was gefasst machen', dachte ich.

Mutter war Ärztin in einem privaten Krankenhaus und verantwortlich für die Einhaltung von Hygienebestimmungen. Und auch zu Hause wusch sie sich unentwegt die Hände. Es war eine Art Tick geworden: Vor dem Essen, nach dem Essen, vor dem Gemüseputzen, nach dem Gemüseputzen ... Vermutlich wusch sie sich sogar auch vor dem Toilettengang.

Natürlich zwang sie uns Kinder, ihrem Beispiel zu folgen. Keine Mahlzeit ohne einen kritischen Blick auf unsere Hände, und wenn sie auch nur den leisen Verdacht hatte, ihrem Purgationszwang sei nicht genüge getan, bestrafte uns ihr kritischer Blick, der uns zwang, ins Bad zu gehen

und die Hände zu waschen, auch wenn wir das gerade vorher schon erledigte hatten. Widerrede war zwecklos.
„Zweimal zu viel ist besser als einmal zu wenig", hieß es dann. Muckte man auf und wollte diskutieren, dann machte das alles nur noch schlimmer. Das letzte Wort hatte immer sie. Oft genug sah mich dann mein Vater vertraulich mit einem Blick an, aus dem ich las:
„Gib auf. Hat doch keinen Sinn. Tu ihr den Gefallen. Sie hat nun mal ihren Reinlichkeitsfimmel. Du weißt doch, sonst ist sie ganz OK."
Recht hatte er. Eigentlich war sie eine tolle Mutter. Sie begleitete mich zusammen mit drei anderen aus der Mannschaft zu unseren auswärtigen Fußballspielen, blieb sogar meist da und schaute zu, lobte mich, wenn ich gut gewesen war. Und wenn mal eine Klassenarbeit danebengegangen war, schimpfte sie nicht.
„Brauchst du Hilfe?", fragte sie nur, wenn es ein naturwissenschaftliches Fach war, „noch kann ich das."
Oder, wenn ich in Latein oder Französisch danebenlag, bot sie an:
„Soll ich Vokabeln abfragen? Von Grammatik verstehe ich trotz großem Latinum selbst nichts."
Bisweilen nahm ich ihre Hilfe gern in Anspruch, wusch mir die Hände und holte mein Lehrbuch. Und wenn ich mal ablehnte, war es auch in Ordnung.

3.

Als das Wasserrauschen sein Ende genommen hatte, schlich ich heimlich die Treppe hinab, huschte an der

Wohnzimmertür vorbei , nahm die zweite Treppe in den Keller und öffnete vorsichtig, dass es keiner hörte, die Waschküchentür.

Odiles Jeansjacke lag obenauf im Wäschekorb. Vorsichtig nahm ich sie und schnupperte an ihr: Moschus.

Ich wusste zwar trotz aller lexikografischer Belehrung überhaupt nicht, wie Moschus zu riechen hatte, aber ich wollte es so: Ihr Duft war für mich, obwohl von besagter Bockdrüse stammend, aphrodisierend und hieß für mich daher fortan Moschus.

Ich setzte mich auf ein antiquiertes truheartiges Möbelstück aus Weidengeflecht, das wir Wäschepuff nannten, und drückte die Jacke an mich. Ich kannte Odile ja überhaupt nicht. Aber ich hatte sie so heftig wahrgenommen wie noch nie ein Mädchen zuvor. Auch wenn ich bisher nur mit ihren Haaren und ihrem Geruch Bekanntschaft gemacht hatte.

Egal ob es Neugierde, Voyeurismus oder bereits Verliebtheit war – wo ist da der Unterschied? – ich sog ihren Duft ein. Immer wieder. Wo war er eigentlich am stärksten? Unter den Armen? An den Ärmeln? Ich hätte mir gewünscht, er wäre von dort gekommen, wo ich ihren Busen vermutete. Aber es gab keine großen Unterschiede. Und wenn überhaupt, war er vielleicht er wirklich am intensivsten unter den Ärmeln.

Ich hörte Schritte. Schnell zog ich mein Taschentuch aus der Hosentasche und warf es zusammen mit der Jacke so in den Wäschekorb, dass man es gleich sehen konnte.

„Jakob?", rief meine Mutter, die die Treppe herunter kam. Dann öffnete sie die Tür.

„Ach hier bist du. Was machst du denn hier unten?"

„Hab ein Taschentuch in die Wäsche gebracht."
Sie warf ein paar Wäschestücke dazu und ging wieder nach oben.
Es war keine Kleidung von unserer Familie, die sie da gebracht hatte. Ich ging einen Schritt näher an die Wäschekiste. Doch dann hielt ich an mich.
„Die Jacke. OK. Aber das hier? – Seltsam. Mich packte Schamgefühl. Wie gern hätte ich sie näher untersucht! Aber ich verzichtete. Glaubte, meiner neuen Göttin diesen kleinen Respekt schuldig zu sein.
Heute noch denke ich erstaunt an diese Szene zurück. Kaum zu glauben, dass ich damals, als vierzehnjähriger Bub, so respektvoll mit ihrer Intimität umgegangen war. Unfassbar. Ich muss wohl wirklich von der ersten Stunde an in sie verliebt gewesen sein. Und wenn ich verliebt war, dann nie in irdische Wesen, auch nicht in Engel – die sind zu geschlechtslos – immer mutierten sie sogleich in kleine Heilige. Und an deren Unterwäsche schnuppert man nicht.
Pro forma machte ich mir noch geräuschvoll ein wenig im Fahrradkeller zu schaffen. Dann ging ich hinauf.

4.

Die anderen waren im Wohnzimmer versammelt. Die Terrassentür stand offen, und ich glaubte den Duft des Geißblatts zu riechen. Vermutlich nur eine schöne Täuschung.
„Wo steckt sie denn bloß?", fragte Mutter.

„Renate, kannst du nicht mal nach ihr sehen?"
„Hast du mit ihr gestritten?", fragte Papa.
„Nein. Nur ein paar Worte zur Hygiene."
„Kannst du das auf Französisch?", fragte ich.
„Ich glaube, sie hat mich verstanden."
„Das kann ich mir vorstellen", kam es von Renate.
„Nun mach schon, schau mal nach ihr. Sie ist doch bestimmt in deinem Zimmer. Vielleicht fehlt ihr irgendetwas. "
„Aber ich kann doch kein Französisch."
„Dann sprich deutsch. Von mir aus auch spanisch. Vielleicht lernt sie ja auch spanisch."
Renate sah mich bittend an.
„Jakob. Bitte lieber Bruder, kannst du nicht für mich gehen? Ich trau mich nicht."
Ich stand auf und ging hinauf. Und da saß sie auf dem Bett. Heulend. Die Hände vor dem Gesicht, als sie mich bemerkte.
Ich wusste nicht, was ich tun sollte. Traute mich nicht, auch nur einen Satz zu sagen. Sie tat mir so Leid. Nun war sie zum ersten Mal in Deutschland. Zum ersten Mal vielleicht so weit weg von ihren Eltern. Und gleich todunglücklich.
„Odile!", sagte ich vorsichtig, ging dann näher zu ihr hin, wollte ihr mutig über das Haar streichen, da zuckte sie zurück:
„Laisse moi! Cinq minutes."
Ratlos ging ich zurück zu den anderen.
„Sie sitzt auf dem Bett und heult. *Lass mich in Ruhe. Fünf Minuten*" , hat sie gebeten.
Mutter sprang auf. Aber Papa hielt sie zurück.

„Gib ihr ein wenig Zeit. Ich glaube, sie ist ein liebes Mädchen. Nur sehr schüchtern."

„Ach was. Sie hat ein schlechtes Gewissen, weil sie sich tagelang nicht gewaschen hat. Hättest mal ihre Wäsche riechen sollen. Unglaublich. Und nun traut sie nicht, zu uns zu kommen."

„Oder sie hat Heimweh", meinte Renate. „Gleich bei der ersten deutschen Familie rausgeflogen und hier erst mal unter die Dusche geschickt. Ich glaube, ich würde auch heulen, wenn es mir so in Spanien erginge. Da wollte ich dann auch sicher nur noch nach Hause."

Mutter und Renate deckten derweil den Kaffeetisch.

Papa ging vor die Terrassentür.

Leise Schritte kamen die Treppe hinab. Dann stand sie in der Zimmertür, schaute sich im Raum um, und bevor ich etwas sagen konnte, setzte sie sich in einen Sessel, fernab vom Kaffeetisch und starrte auf den Fußboden.

„Ça va?", fragte ich.

Langsames Kopfschütteln war die einzige Antwort.

„Hallo Odile!", rief Papa und kam herein. „Komm, setz dich an den Tisch, wir wollen alle zusammen Kaffeetrinken. Renate hat extra für dich einen Kuchen gebacken. Eine Erdbeertorte."

Mutter und Renate stellten noch Sahne, Milch und Kaffee auf den Tisch.

„Un Café, Odile?", fragte Mutter.

Sie nickt traurig, ohne den Blick zu heben.

„Komm zu uns!", wiederholte Papa.

Als Mutter auf den Sessel zuging, in dem sie saß, sprang das Mädchen plötzlich auf und wollte hinauslaufen.

Mutter hielt sie zurück und nahm sie in den Arm. Dann schrak sie zurück. Odile nutzte die Gelegenheit, drückte Mama einen Brief in die Hand, lief hinaus in den Garten, setzte sich auf unsere Gartenbank und heulte.

„Was ist?", fragte Papa.

„Sie stinkt immer noch."

Und wahrhaftig. Ihr Moschusgeruch hatte bereits den Teil des Raumes erfüllt, in dem sie gesessen hatte, und zog allmählich zu uns herüber.

„Und der Brief?"

„Lies du ihn. Du kannst besser französisch als ich."

Papa öffnete den Umschlag und las. Er wurde ganz ernst. Er gab Mutter den Brief.

„Er ist auf Deutsch. Von den Eltern. Sie haben ihn für die Gastfamilie übersetzen lassen. Komisch, er war noch nicht geöffnet."

Mama überflog den Inhalt. Dann lief sie zu unserem Gast, und bevor Odile fliehen konnte, setzte sie sich neben sie, nahm sie ganz fest in ihre Arme und küsste sie auf die Stirn.

So hatte ich sie noch nie erlebt. Meine Mutter, diese Super-Sauber-Hygiene-Mama, stürzt sich auf dieses kleine stinkende Etwas, nimmt das armselige Häuflein in den Arm, küsst und tröstet es. Zu Tränen gerührt wiegt sie das Mädchen in ihren Armen, als wäre es ihr eigenes Neugeborenes.

Als wir dazukommen wollten, gab sie uns Zeichen, sie mit Odile allein zu lassen.

Papa holte ein Tablett, stellte zwei Teller mit Kuchen darauf, dazu zwei Tassen Kaffee und platzierte das ganze vor die Gartenbank. Dann kam er zu uns zurück und las uns den Brief vor:

"Liebe Frau Lehrerin, liebe Austauschfamilie,
Odile ist ein ganz liebes Mädchen. Aber sie ist krank und leidet sehr darunter. Nicht physisch sondern psychisch: Sie hat eine ekkrine Bromhidrosis[4], also einen schrecklich intensiven Körpergeruch, gegen den sie nichts machen kann. Nichts hilft: Kein Waschen, kein Wechseln der Kleidung, keine Seife, kein Deo, keine Creme. Nach wenigen Minuten bricht der Geruch wieder durch. Der ist so stark, dass sich der ganze Raum damit füllt, wenn sie sich auch nur eine Viertelstunde darin aufhält.
Wir haben uns damit abgefunden und haben uns daran gewöhnt. Wir lieben sie. Aber wenn sie Menschen begegnet, die sie nicht kennen, wird sie fast immer zurückgestoßen.
Wir wissen nicht, ob es auf dieser Welt eine Familie gibt, die Odile trotz allem für eine Zeit bei sich ertragen kann. Aber wenn Ihnen das möglich ist, so sind wir sicher, dass Sie es nicht bereuen werden und das brave Kind von Herzen liebgewinnen.
Wenn es nicht geht, haben wir Verständnis und sind nicht böse. Für diesen Fall haben wir Ihnen ein Rückflugticket beigelegt. Odile kennt den Brief. Nach langen Diskussionen haben wir sie zu diesem Weg überreden können.
Herzliche Grüße,
M. et Mme. Duboise

Betroffen sahen wir uns an.
„Schaffen wir das?", fragt Papa.
Wir nickten.
„Dann kommt mit!", forderte er uns auf.
Gemeinsam gingen wir zu den beiden in den Garten.
„Schau her, Odile", sagte er. „Regarde!"
Für einen Augenblick hob sie wirklich den Blick zu ihm, und vor ihren Augen zerriss er das Rückflugticket.

5.

„Odile hat recht. Warum trinken wir nicht draußen Kaffee?"
Es war nachts zwar noch sehr kalt, und wenn man früh aufstand, konnte es sein, dass der Rasen noch weiß geworden war, am Nachmittag aber war die Sonne der ersten Maitage schon sommerlich warm.
„Jakob, hilfst du mir bitte?"
Ich folgte Mutter ins Haus. Gemeinsam trugen wir vorsichtig den schon gedeckten Kaffeetisch hinaus auf die Terrasse. Renate kam dazu und holte mit mir zusammen die Gartenstühle aus der Garage.
Papa war bei Odile geblieben und bemühte sich um französische Konversation:
„Bienvenue dans notre famille! Nous sommes très heureux que tu es venue."
„Sie können deutsch sprechen. Ich glaube, das geht gut. Ich soll die Sprache üben", bekam er zur Antwort.

„Desto besser. Das macht natürlich alles viel einfacher. Wieviele Jahre hattest du denn schon Französisch?"
„Schon lange. Ich gehe in Paris auf ein Lycée Franco-Allmand. Sie verstehen?"
„Ein Deutsch-Französisches Gymnasium."
„Ja. Wir haben sehr intensiven Deutschunterricht. Und einige Fächer werden schon ganz aif Deutsch unterrichtet."
„Und wie oft warst du schon in Deutschland?"
„Es ist das erste Mal. Da ich diese Krankheit habe, wollte ich nicht. Sie verstehen?"
„Sehr gut, dass du diesmal mitgekommen bist. Ich meine gut für dich und schön für uns."
„Danke. Sie sind sehr freundlich."
Es entstand eine Pause. Wie das so ist, bei ausländischem Besuch, wenn man sich noch überhaupt nicht kennt.
„Darf ich etwas fragen?"
Blöde Frage. Was soll sie anders sagen als ‚Ja'?
„Ja. Sicher. Fragen Sie."
„Du musst nicht antworten. Aber was ist denn in der anderen Familie passiert, dass sie dich nicht wollten?"
„Eigentlich nichts Besonderes. Wie alle, die mir zum ersten Mal begegnen, glaubten sie, ich wasche mich nicht, und schickten mich ins Bad zum Waschen."
„Wie bei uns also."
„Aber es war ganz anders. Sie wussten nicht, dass ich sie verstehe, und sie sprachen unter sich über mich und Frankreich unglaublich beleidigend."
„Und da bist du gegangen?"

„Nein. Wohin sollte ich gehen? Da noch nicht. Ein wenig kenne ich solche Reaktionen. Die Leute wissen ja nicht, dass ich krank bin, und denken immer dasselbe."
„Warum hast du ihnen nicht den Brief gegeben?"
„Ich wollte es. Ich hatte ihn schon herausgesucht. Aber als ich frisch geduscht aus dem Bad kam und es nach einer Weile wieder losging, wurde die Mutter unverschämt. Sie schimpfte mit mir, schickte mich wieder ins Bad und drohte, notfalls werde sie mir zeigen, wie man sich in Deutschland wäscht."
„Und warum hast ihnen dann immer noch nicht den Brief gegeben?"
„Ich wollte nicht mehr. Nicht bei denen. Ich kam einfach nicht wieder aus dem Bad. Und dann haben sie die Lehrerin angerufen."
„Und nun bist du bei uns. Wunderbar! Komm, lass uns hinüber gehen zu den anderen."

Nicht zu fassen! Papa hatte den Arm um das Mädchen gelegt und kam plaudernd zum Kaffeetisch.
Um ehrlich zu sein, heute weiß ich, seit diesem Augenblick war ich eifersüchtig auf meinen Vater. Er war so locker. So charmant. Hatte Odile – keine Ahnung, wie – zum Lachen gebracht. Sie schien seine väterliche Umarmung sogar zu mögen. Und schaute ihm fröhlich ins Gesicht, als sie bei uns ankamen.
Und ich dagegen: Ein guter Torwart, aber sonst nur ein kleiner schüchterner Junge. Ich beneidete ihn.
„Also hört mal alle her. Ich habe eine tolle Neuigkeit: Odile versteht sehr gut deutsch. Wir können also mit ihr sprechen als gehörte sie zur Familie."

„Stimmt's?", fügte er an sie gewandt hinzu.
„Ja. Nur nicht zu schnell, bitte."
„Und du gehörst ja jetzt auch wirklich zur Familie, jedenfalls für die nächsten drei Wochen", schloss sich Mama an.
Der Bann schien zunächst einmal gebrochen. Die Unterhaltung lief nicht gerade brausend. Aber sie lief. Ergab sich eine Pause, fiel Papa immer wieder etwas ein, das Odile zum Erzählen brachte. Das ging zwar etwas stockend und manchmal fehlerhaft, aber es ging eigentlich erstaunlich gut.
„Spielst du Fußball?", fragte ich, um es Papa ein wenig gleich zu tun, merkte aber sofort, wie unsinnig meine Frage war. Natürlich kam als Antwort eine Fehlanzeige.
„Nein. Nicht Fußball, aber Wasserball."
„Wasserball?", fragte Renate neugierig und nahm mir gleich den mühsam ins Spiel gebrachten Ball ab.
„Ich habe eine Freundin, die spielt auch Wasserball. Aber nicht hier. Wir haben keine Halle, die groß genug ist. Sie geht übrigens in Jakobs Parallelklasse."
„Meinst du Anne? Die ist ein Jahrgang über mir."
„Ach ja, stimmt."
„Ich glaube, es hat geklingelt. Jakob, gehst du mal nachsehen?"
‚Dass die mich gleich wieder vor Odile zum Laufburschen machen muss!', dachte ich, stand aber gehorsam auf und ging zur Tür.
„Für dich", sagte ich zu Renate. „Julia."
„Warum hast du sie nicht hereingebeten?", kritisierte mich Mutter schon wieder. „Sie isst doch sicher ein Stück Kuchen mit uns."

„Sie wollte Renate abholen. Heute ist Ansegeln am See."
„Au prima. Darf Odile mitkommen?"
„Frag sie doch selbst!"
„Willst du? Komm mit!"
„Wenn ich euch nicht störe."
Was für eine Frage! Klar. Nun hatte sie sie mir vor der Nase weggeschnappt. Ich war sie jetzt vermutlich endgültig los. Rangierte in Zukunft nur noch unter ‚ferner liefen'.

„Na, wie findest du sie?", fragte Papa, als die beiden gegangen waren.
„Na ja, ganz nett."
„Mehr nicht?"
„Halt ein Mädchen."
Was sollte ich sagen.
„Ein tolles Mädchen, finde ich", und zu Mama gerichtet fragte er, „meinst du nicht auch?"
„Doch. Am Anfang hatte ich ja Angst, wie das gut gehen sollte. Aber ich glaube, sie ist wirklich nett. Und wenn wir uns alle ein wenig bemühen, wird sie sicher bei uns eine ganz schöne Zeit haben. Mal sehen, wie das in der Schule klappen soll. Das stell ich mir schwierig vor."

6.

Alles war vorbereitet. Wir warteten nur noch auf die beiden Mädchen.
Sie waren zehn Minuten über die Zeit.

Aber, oh Wunder, kein Schimpfen diesmal. – Eben Gastfreundschaft.

„Hinsetzen zum Abendessen!", hieß es lediglich, als sie kamen.

Das hieß Hände waschen, kämmen und schauen, was es in der Küche noch zu helfen gab.

Die Mädchen stürmten hinauf ins Bad, um die rituellen Waschungen vorzunehmen.

„Sie will erst noch duschen."

„Nein, dann wird alles kalt. Hol sie."

Renate holte Odile. Schüchtern trat sie ein.

„Natürlich, wenn du dich sonst unwohl fühlst, geh unter die Dusche", schlug Mutter vor. „Du sollst dich ja bei uns wohlfühlen. Du darfst natürlich jederzeit duschen oder auch baden. Bist ja jetzt hier zu Hause. Aber wegen uns musst du das nicht. Und im Augenblick wäre es vielleicht besser, du setzt dich gleich zu uns. Sonst wird das Essen kalt."

Odile zögerte.

„Und wenn du das meinst, was ich denke: Es gehört nun mal zu dir. Wir mögen dich und werden uns daran gewöhnen. Keine Angst."

„Das finde ich auch. Die Familie von meinem Freund Georg hat einen Hund. Einen alten Golden Retriever, wenn du weißt, was das ist. Der stinkt auch ganz fürchterlich. Aber die riechen das gar nicht mehr. Sogar beim Essen ist er immer dabei."

„Jakob!!", entfuhr es meiner Mutter.

Dann betretenes Schweigen. Ich wurde knallrot, stand auf, verließ den Raum und ging auf mein Zimmer. Ich warf mich aufs Bett und fing an zu heulen. Dass mir so etwas passieren musste!

Es klopfte an die Tür. Aber ich wollte niemanden sehen.

Erneutes leises Klopfen. Ich hörte, dass die Klinke sich senkte und die Tür behutsam geöffnet wurde.

Ich rührte mich nicht.

Dann setzte sie sich auf die Bettkante.

„Jakob. Du musst nicht traurig sein", flüsterte sie mit ihrem französischen Akzent. „ Es ist alles in Ordnung. Du hast doch recht. Du sagst, was du denkst, und ich auch. Das finde ich gut."

Ich blieb liegen, wie ich lag. Den Kopf in den Kissen. Sie sollte nicht meine Tränen sehen.

Dann fühlte ich ihre Hand, die mir über den Kopf strich.

„Aber du bist kein Hund", brachte ich mühsam hervor, „das wollte ich nicht sagen."

Mein Schluchzen war nicht zu überhören.

„Das hast du auch nicht gesagt."

„Ich war so empört. Ein Hund darf alles. Da wird alles hingenommen. Und bei dir ... Ich war wütend."

„Alles OK. Ich verstehe dich ja. Ich sage mir das ja auch manchmal."

Ich drehte mich zu ihr um.

„Wirklich?"

„Klar."

Ich weiß nicht, woher ich den Mut nahm: Ich zog sie zu mir herab, drückte sie an mich und küsste sie – freilich nur so wie man eine tröstende Mutter umarmte und küsste.

Sie ließ es sich gefallen.

Dann erschrak ich über meinen Mut, ließ sie los und setzte mich. Erst jetzt merkte ich wie stark sie roch. Es machte mir nichts aus. Ich schaute sie an, und sie lächelte.
„Komm", sagte sie, „die anderen warten auf uns."
Sie nahm mich bei der Hand und zog mich aus dem Zimmer. Hand in Hand gingen wir die Treppe hinunter. Unten ließ sie mich los.
Schweigend wurden wir empfangen. Renate grinste. Papa nickte uns freundlich zu.
„Greift zu!", forderte Mama uns auf.

7.

Als Odile aus dem Bad kam, blieb sie zögernd vor der Tür von Renates Zimmer stehen, in dem beide Mädchen schlafen sollten. Renate erwartete sie. Längst war kein Wasserrauschen mehr zu hören.
„Komm rein!", rief sie. Und als sich nichts rührte, öffnete sie die Tür.
Da stand sie barfuß im Schlafanzug vor ihr, frisch geduscht, hübsch, nett anzusehen, und schaute sie fragend an.
„Komm!", ermutigte sie ihren schüchternen Besuch.
Renate nahm ihre Hand und zog sie zu sich ins Zimmer. Scheu und unsicher folgte sie ihr.
Dann nahm sie allen Mut zusammen, umarmte ihren Gast freundschaftlich, und, da sie kein Französisch konnte, wies sie ohne Worte auf das ihr zugedachte Bett. Zu ihrer Überraschung roch sie lediglich ein wenig nach Duschgel oder Eau de Cologne.

„Merci!"
Sie bekam zum Dank je einen Kuss auf beide Wangen, und das fremde Mädchen ging zu seinem Bett und kroch unter die Bettdecke. Renate folgte ihrem Beispiel.
„Have a good night", versuchte sie es auf Englisch, bevor ihr einfiel, dass sie ja ruhig deutsch sprechen konnte. Aber es funktionierte. Zurück kam ein freundliches:
„Thank you. Good night."
„Auf Deutsch sagt man: Gute Nacht!"
„I know. Gute Nacht!"
Aha. Ging doch.
„Soll ich das Fenster öffnen?", fragte sie, so ermutigt, gleich auf Deutsch.
„Ja. Eine gute Idee", kam es korrekt, wenn auch mit einem kleinen französischen Akzent, zurück.
Renate stand auf, holte zwei weitere Decken aus dem Schrank, eine für sich, eine für Odile, brachte das Fenster in Kippstellung – sie schlief sonst immer bei geschlossenem Fenster – und legte sich zum Schlafen, nicht ohne ihrer neuen Mitbewohnerin noch einmal freundlich zugewinkt zu haben.
Alles war besser gelaufen als befürchtet. Hoffentlich blieb es so. Immerhin war das Fenster auf und zwei Decken verdeckten den Körper der seltsamen Französin. Das reichte ja vielleicht. Zufrieden ließ sie den Tag noch einmal in ihren Gedanken vorbeiziehen. Dann schlief sie beruhigt ein.
Als sie in der Nacht aufwachte, war dann doch eingetreten, was sie befürchtet hatte. Trotz Fenster. Trotz der zwei Decken. Unglaublich.

Was tun? Kopf unter die Decke. Ihr fiel sonst keine Lösung ein. Es gab ja wohl auch keine.
Glücklicherweise hatte sie einen gesunden Schlaf. Jedenfalls für eine Weile. Dann wachte sie auf. Mit dem Kopf unter der Decke schlafen zu wollen, war wohl doch nicht so eine gute Idee gewesen. Sie zog dann doch die Mischung aus fremdem Körpergeruch und kalter vom Fenster herabfallender frischer Luft vor. Glaubte, nicht wieder einschlafen zu können, schlief aber dann doch durch bis etwa einer Viertelstunde, bevor sie ohnehin hätte aufstehen müssen. Die erste Nacht war überstanden.
Renate stand auf, griff nach ihrer am Abend bereitgelegten Kleidung und schlich sich leise am Bett der noch schlafenden Odile vorbei aus dem Zimmer.

8.

Ich als Junge hatte es besser gehabt. Wie gewohnt konnte ich mein Zimmer allein bewohnen. Obwohl, ich glaube mit Odiles Aroma wäre ich gut zurecht gekommen.
„Hast du wie immer bei geschlossenem Fenster geschlafen?", begrüßte ich am Morgen grinsend meine kleine Schwester, die heute besonders früh auf war und schon den Frühstückstisch deckte.
„Du hast gut reden. Nein. Im Eiskalten. Direkt unter dem offenen Fenster. Unter zwei Decken. "
„Mit der Nase unter der Bettdecke?"
„Hab ich versucht. Aber da kriegt man ja keine Luft."
„Und sonst, warst du nett zu ihr?"

„Ich glaube ja."

„Bist du denn zu ihr ins Bett gekrabbelt, wie du es sonst bei deinen Freundinnen tust?"

Wenn Blicke töten könnten, wäre ich augenblicklich tot umgefallen.

„Tu mir lieber einen Gefallen. Vermutlich stinken jetzt alle meine Sachen. Aber ich rieche es schon nicht mehr. Kannst du mal testen?"

Ich erfüllte ihr den Wunsch nicht ungern. Zwar hatte ich schon auf dem Flur zwischen den Kinderschlafzimmern Odiles Witterung aufgenommen, aber bis hier in die geräumige Küche war ihre Aura noch nicht gedrungen. Erwartungsvoll ging ich auf meine Schwester zu und schnupperte. Und da ich nichts roch, hob ich, wehrlos, wie sie war, mit der Kaffeekanne in der Hand, ihren freien Arm und tat so, als schnüffele ich unter ihrer Achsel.

„Ein bisschen. Aber anders. Und nur hier."

Eine krachende Ohrfeige war die Antwort – und eine Kaffeelache auf dem glücklicherweise gefliesten Fußboden.

„Was ist denn hier los? – Jakob!", schimpfte Mutter, „du sollst deine kleine Schwester nicht immer ärgern. Und das hier? Hol den Putzeimer und mach sofort sauber. Aber ordentlich."

„Das war ich nicht!"

„Noch ein Wort, und du wischst die ganze Küche!"

Das meinte sie ernst. Also lieber keine Widerrede. Glücklicherweise war Odile noch nicht da. Wäre mir peinlich gewesen. Aber sie kam erst, als ich die Putzutensilien schon wieder in der Besenkammer verstaut hatte.

„Bonjour Odile!", und „Guten Morgen!", begrüßten wir uns, alle jeweils in der Sprache der Angesprochenen.
Odile saß mir gegenüber. Heimlich schaute ich sie immer wieder an. Kein Blickkontakt. Gerade so als hätte ich nur geträumt, sie sei gestern zu mir gekommen, um mich zu trösten. Dabei hatten wir seitdem doch ein kleines gemeinsames Geheimnis. Zumindest empfand ich das so, obwohl alle gesehen hatten, dass sie mir gefolgt und mich zurückgeholt hatte. Aber dass ich sie umarmt habe... – War das für sie nicht auch ein schönes Geheimnis, das wir seitdem teilten?
Aber nichts. Kein Zeichen der Nähe. Nicht einmal ein freundlicher Blick. Stattdessen plauderte sie mit Renate. Ihr sah sie auch in die Augen, wenn sie mit ihr redete, schien mir. Genauso bei Mama, wenn sie auf deren Fragen antwortete.
„Hast du gut geschlafen, deine erste Nacht bei uns?", fragte Mutter.
„Danke, sehr gut."
Ich ahnte, welche Peinlichkeit nun kommen würde. Und wirklich:
„Und schön geträumt? ", ging es weiter. „Du weißt, was man in der ersten Nacht an einem neuen Ort träumt, geht in Erfüllung."
„Erfüllung? Ich verstehe nicht."
„Man sagt, es wird wahr", erklärte ihr Papa.
„Oh, ich verstehe."
Sie schaute ihn an und lächelte – an mir vorbei.
Mit allen hatte sie Blickkontakt. Nur mich würdigte sie keines Blickes. Hatte sie alles vergessen? War das gestern für sie nichts Besonderes gewesen? Sind Mädchen so?

Oder war sie mir böse, weil ich sie geküsst habe. Eigentlich konnte das nicht sein. Ich hab sie schließlich nicht auf den Mund geküsst. Sie muss verstanden haben, dass ich sie nicht anbaggern wollte, sondern einfach nur glücklich war, dass sie mich aus meiner elenden Hilflosigkeit erlöst hatte. Hätte sie mich sonst an die Hand genommen, als wir aus dem Zimmer gingen? Waren wir nicht seitdem Komplizen?
„Jakob, essen, nicht träumen!"
Typisch Mama.
Fast wäre ich schon wieder aufgesprungen und vom Tisch gegangen. Im letzten Moment konnte ich mich noch beherrschen. Hilfe suchend schaute ich zu Odile. Und siehe da: Sie hatte es gemerkt. Sah mich an und ganz verstohlen lächelte sie. Doch meine kleine Komplizin?
Ich nahm mir ein Brötchen und schmierte es für die Schule. Dann hatte ich eine tollkühne Idee: Ich nahm ein zweites, schnitt es auf, nahm allen Mut zusammen, schaute zu Odile und fragte:
„Was möchtest du drauf haben? Wir nehmen nämlich immer ein Schulbrot mit in die Schule."
Alle sahen mich erstaunt an. Ich merkte, ich wurde schon wieder knallrot.
„Oh, wie aufmerksam, ein richtiger kleiner Kavalier", sagte Mutter, „so kennen wir dich ja gar nicht."
„Nun lass ihn doch. Er ist kein Kind mehr", mischte sich Papa ein.
Peinliche Pause. Renate kicherte.
Hilfesuchend schaute ich auf Odile, und wirklich, sie erwiderte meinen Blick:

„Merci, Jakob, très gentil, vraimant. J'aimerais avoir un peu de fromage", und sie zeigte auf einen Camembert. War es ein Kompliment, dass sie mir gegenüber in ihre Muttersprache verfiel?
Ich glaube, auch sie war rot geworden. Vielleicht war es aber auch nur in Mamas Schilderungen so, wenn sie, wie so oft, später auf die Szene zurückkam, die sie nur zu gern im Bekanntenkreis zum Besten gab.
Kaum waren wir vom Frühstück aufgestanden, machte sich Renate über mich lustig:
„Hast du deinem Hündchen ein Leckerli gegeben?"
Wütend drehte ich ihr den Arm auf den Rücken. Eigentlich sollte es ein wenig weh tun. Aber sie prustete aus vor Lachen:
„J'aimerais avoir un peu de fromage!"
Ich gab auf, ließ sie los und ging zum Gegenangriff über:
„Ist das kleine Schwesterchen etwa eifersüchtig?"
„Komm, das war schon ganz schön witzig eben", und kichernd ahmte sie noch einmal mit ganz hoher Stimme Odile nach: „Merci, Jakob, très gentil, vraimant!"
Odiles Ausspruch wurde zu einem geflügelten Wort in unserer Familie.
Besonders meine Schwesterlein versuchte mich bei jedem sich bietenden Anlass mit den ironischen Worten „Merci, Jakob, très gentil, vraimant!" aufzuziehen, wenn sie sich über mich geärgert hatte. Aber auch „J'aimerais avoir un peu de fromage!" wurde bei vielen passenden und vor allem unpassenden Gelegenheiten gesagt. Nicht nur zu mir übrigens.

9.

Papa hatte ein Fahrrad für Odile aufgetrieben, und etwas früher als gewöhnlich machten wir uns auf den Weg zur Schule: Renate, Odile und ich.
Alle Mitschüler, die uns begegneten, guckten erstaunt auf das Mädchen neben uns, das sie nicht kannten. Doch als wir unsere Fahrräder bei der Schule abgestellt hatten, war ihnen klar: Es musste wohl eine der französischen Austauschschülerinnen sein, mit der wir auf dem Schulhof aufkreuzten. Neugierig begrüßten mich meine Fußballfreunde. Stolz stellte ich ihnen Odile vor:
„Das ist Odile. Sie kommt aus Paris und wohnt jetzt für drei Wochen bei uns."
„Glückwunsch! Da hast du ja das große Los gezogen!"
„Donnerwetter!"
„Weißt du denn, wie man mit so einem Supermodel umgeht?"
„Seid vorsichtig, sie spricht sehr gut Deutsch und versteht eigentlich alles", warnte ich.
„Aber das waren doch alles wunderbare Komplimente. Oder, Odile?"
Sie lächelte verlegen.
„Siehst du, sie versteht uns."
Mir war klar, ich musste auf der Hut sein. Ich hatte Konkurrenten. Und nicht die schlechtesten.

Die Mädchen, die nicht am Austausch teilnahmen, waren zurückhaltender. In Grüppchen tuschelten sie und schauten belustigt zu uns rüber. Offenbar hatte Odiles ursprüngliche Partnerschülerin nichts eiliger zu tun

gehabt, als ihren Freundinnen zu erzählen, warum sie nicht bei ihr wohnen geblieben war.
Andere kamen zusammen mit ihren Austauschschülerinnen zu uns herüber. Die französischen Mädchen begrüßten sich überschwänglich, küssten sich bei jeder Begrüßung auf beide Wangen und waren offenbar in bester Stimmung. Es wurde gekichert und gelacht, und bald hörte man mehr Französisch als Deutsch.
Mitten in das ausgelassene Treiben hinein plötzlich ein lautes „Hallo, bonjour!".
Es war unsere Französischlehrerin.
Vielstimmiges ‚Bonjour' und vereinzeltes Klatschen war die Antwort.
„Wir gehen zur Begrüßung in die alte Aula. Vielleicht bleiben wir da später auch zum Unterricht. Wir sind zusammen immerhin über fünfzig Schüler. Ihr kennt ja den Weg. Seht zu, dass die Franzosen alle mitkommen."
Die sogenannte ‚Alte Aula' war seit langem zu klein für Schulveranstaltungen geworden. Man hatte im Erweiterungsbau einen neuen großen Saal gebaut, das sogenannte Audimax des Gymnasiums, und die frühere Aula wurde nur noch bei kleineren Anlässen und als Proberaum für das Orchester und die Theatergruppe benutzt.
Wir strömten hinein.
„Was hältst du davon, wenn wir ganz nach hinten gehen?", schlug ich Odile vor.
„OK. Einverstanden."
Wir setzten uns an den äußersten Tisch der letzten Reihe. Sie ganz nach außen.

Offenbar war sie sehr aufgeregt. Sie tat mir leid. Irgendwann mussten die anderen merken, was mit ihr los war. Und dann? Wie würden sie reagieren? Am liebsten hätte ich mich zu ihr gebeugt, sie in den Arm genommen und gesagt: „Keine Angst, ich bin bei dir". Noch lieber freilich „Je t'aime". Was zwar, wie ich glaubte, der Wahrheit entsprochen hätte, aber wohl taktisch nicht geschickt gewesen wäre. Außerdem wusste sie es bestimmt längst. Mädchen sollen in dem Alter ja viel reifer und verständiger sein als wir Jungen.

Als alle einen Platz gefunden hatten – wie aus Versehen hatte ich meinen Schal auf unseren Nachbartisch gelegt, so dass er frei geblieben war – trat unsere Französischlehrerin zusammen mit der Deutschlehrerin der Partnerschule auf das Podium.
„Zunächst einmal möchte ich unsere lieben Gäste aus Paris herzlich willkommen heißen. Soyez tous bienvenus chez nous! Je suis très heureux, que vous êtes suivis notre invitation."
Auf Deutsch fuhr sie fort:
„Da unsere Gäste aber von einer Deutsch-Französischen Schule aus Paris kommen und ich das sprachliche Niveau meiner Schüler kenne", dabei grinste sie uns herausfordernd an, „nehme ich an, es ist erlaubt, dass ich weiter auf Deutsch zu euch spreche. Außerdem ist das eine gute sprachliche Übung für unsere Besucher. Zunächst darf ich euch Mme. Monique Radeau vorstellen, meine französische Kollegin, die, wie schon im letzten Jahr, von französischer Seite her alles wunderbar organisiert hat. Vielen Dank für alles, Monique!"

Als sie sie sich bei diesen Worten zu ihrer Kollegin hin verbeugte und eine Pause machte, wurde sofort heftig applaudiert.

„Et moi", erwiderte die Angesprochene, „je suis très heureux de pouvoir vous présenter Mme. Gertrud Lauritz, sans laquelle nous ne serions pas ici, maintenant."
Erneuter Applaus.

„Hauptpersonen aber", nahm Frau Lauritz wieder das Wort, „ sind in diesen drei Wochen nicht wir, die Lehrerinnen, sondern ihr, die Schüler von Einfeld und Paris. Und wir möchten, dass ihr euch selbst nacheinander alle kurz vorstellt. Ich schlage vor, wir gehen mit gutem Beispiel voran, und die deutschen Teilnehmer beginnen.

„Wer will freiwillig anfangen?"
Natürlich meldete sich niemand.
„Gut, dann machen wir es in der Reihenfolge meiner Liste. Jeweils paarweise kommen bitte die Gastgeber und ihre dazugehörigen Gäste zu mir auf das Podium."
Sie schaute auf ihre Liste.
„Mark. Beginnst du bitte?"
„Ich?" Mürrisch kam er mit seinem Partnerschüler nach vorne.
„Was soll ich denn sagen?"
„Erst mal, wie du heißt, wie alt du bist, dann vielleicht, was deine Hobbys sind, welchen Sport du treibst, deinen Berufswunsch, wenn du schon weißt, was du einmal werden willst, und was dir sonst an deiner Person wichtig erscheint."
„Gut", fing er an, „Ich bin Mark Hansen. Für euch einfach Mark. 15 Jahre. Spiele Fußball. Sonst ist an meiner Person nichts wichtig."

Allgemeines Gelächter.
Schnell ging er wieder zurück an seinen Platz.
Und so ging es weiter.
12 Jungen und 38 Mädchen stellten sich nacheinander vor. Da sie alle nur ganz wenig sagten, ging das ziemlich schnell.
Nur ich war nicht aufgerufen worden.
„Und nun ein besonderer Fall: Jakob und Odile."
Belustigte Pfiffe und Zurufe begleiteten uns, als wir nach vorne gingen.
Ich hatte viel Zeit gehabt, mir etwas zu überlegen.
„Also ich bin Jakob. 14 Jahre. Bin begeisterter Fußballspieler und Torwart unserer Mannschaft. Ich lade euch alle ein, am Sonntag zum Fußballplatz zu kommen. Da haben wir ein Heimspiel."
Meine Mannschaftskollegen klatschten begeistert Beifall.
„Fände ich toll, wenn ihr alle kämt. Unterstützung können wir gut brauchen. Und – ach ja. Das Wichtigste habe ich fast vergessen: Ich freue mich riesig, dass Odile zu uns gekommen ist."
Der Satz wurde mit Gejohle quittiert.
„Sonst fällt mir nichts ein."
Dann trat Odile einen Schritt nach vorne.
„Ich heiße Odile. Ich bin 14 Jahre alt, spiele in Paris in unserer Wasserballmannschaft und außerdem jogge ich und fahre Fahrrad."
Da kam eine Frage:
„Kann man denn in Paris fahrradfahren?"
„Ach ja, ich, ich habe es nicht gesagt: Ich wohne nicht genau in Paris, sondern zehn Kilometer südlich, in Sceaux. Eine halbe Stunde mit dem RER, einer Art S-Bahn. Dort

gibt es ein Schloss und einen großen Park. Und wir haben sogar eine eigene deutsche Partnerstadt: Brühl am Rhein."

Sie senkte den Blick. Machte eine Pause. Offenbar wollte sie noch etwas sagen und schien nachzudenken.

„Noch etwas?", fragte Frau Lauritz, „Wolltest du noch etwas sagen?"

„Ja."

Sie nahm alle Kräfte zusammen. Und dann kam der Satz, den keiner verstand:

„Ich dusche jeden Tag mindestens dreimal. Natürlich auch bevor ich in die Schule gehe."

Die allgemeine Verblüffung entlud sich in beifälligem Gelächter. Man glaubte, sie habe einen Scherz gemacht.

„Blitzsauberes Mädchen!", hörte ich Hasso, einen der Stürmer unserer Mannschaft, lachend rufen.

Odile sah mich an, machte ein Zeichen, ich solle mitkommen, und machte sich nach ihren letzten Worten schnell auf den Weg zurück zu unserem Platz.

10.

Manchmal war sie ja doch wirklich gut. Blitzschnell hat sie reagiert. Gleich am ersten Abend, als wir Kinder schon im Bett waren, hatte sich Mama mit Papa zusammengesetzt und beraten. Schon vor dem Abendessen hat sie sich aus ihren medizinischen Büchern schlau zu machen versucht. Leider ziemlich erfolglos. Damals gab es noch kein Google, zumindest nicht in der heutigen Form, und die Informationsbeschaffung war erheblich schwieriger und lückenhafter. Schließlich hat sie einen Kollegen aus der Dermatologie angerufen. Der wusste aus dem Stegreif auch nicht viel, hat dann aber für seine Kollegin sofort Informationen über *ekkrine Bromhidrosis* besorgt und an Mama gefaxt. Die Angaben bestätigten, dass die arme Odile offenbar wirklich gegen ihren Körpergeruch machtlos war. Damals wie heute. Alle bekannten Behandlungsmethoden waren und sind mehr oder weniger wirkungslos oder können den Geruch nur sehr kurzfristig dämpfen. Was blieb, war die mildernde Wirkung, wenn Speisen mit Knoblauch, Zwiebeln, Curry und auch Alkohol gemieden wurden. Gut. Das ließ sich machen, brachte aber, wie sich zeigte, so gut wie nichts.

Das eindrucksvollste Dokument, das der Kollege ihr zukommen ließ, war der folgende Hilferuf, den eine seiner Patientinnen ihm mit der Bitte übergeben hatte, ihn weiterzureichen, wenn er einen Fall bekäme, der ihrem eigenen ähnlich war [5,6].

Hallo,

zuerst möchte ich sagen, dass mich dieser Text große Überwindung gekostet hat. Ich erhoffe mir durch diesen Beitrag Hilfe und vor allem Austausch mit "Gleichgesinnten".

Meine Geschichte:

Ich bin 21 Jahre alt und habe das Problem mit dem Stinken seit dem 15. Lebensjahr ungefähr. Alles fing in der 8. Klasse an, damals nahm ich zwar diesen beißenden Geruch wahr – der wirklich einen GANZEN RAUM ausfüllte (was ein normaler Schweiß nie und nimmer schafft!!!!) – aber ich dachte zuerst nicht, dass dieser Geruch von mir ausging. Auch deswegen, da meine Kleidung nie stark nach Schweiß roch (ganz leicht – wie bei allen Anderen auch!!). Doch je öfter ich diesen Geruch wahrnahm – plötzlich auch in anderen Situationen – nicht nur im Klassenzimmer, sondern auch im Bus in der Freizeit etc. , begann ich langsam zu begreifen, dass dieser Geruch von mir ausging.

In der Schule fingen alle an zu mutmaßen wer das wohl sein könnte der so ekelhaft stinkt. Auf mich kam erst mal keiner, weil ich sehr gepflegt bin und EXTREM auf mein Äußeres achte. (Später hielt ich es in der Schule nicht mehr aus, brach die Schule ab – weil ich nicht mehr konnte – ich hielt es keine Sekunde mehr aus – auch in allen anderen Lebenslagen zog ich mich mehr und mehr aus dem sozialen Umfeld zurück – wenn der Geruch auftrat im Zusammenspiel mit bestimmten Personen – brach ich sofort den Kontakt ab um nicht auf das Stinken angesprochen zu werden und dadurch verletzt zu werden. Es war auch komischerweise so, dass ich wochenlang etwas mit Freunden gemacht habe und der Geruch trat nicht auf. Dann aber auf einmal von heute auf morgen war er da und ging dann auch nicht mehr weg.
Das Schlimme war ja auch, dass man es an mir direkt nicht roch – ich sonderte diesen Geruch

irgendwie durch Poren oder so ab – kann es mir selber nicht richtig erklären -und dieser verbreitete sich dann im ganzen Raum – blödes Beispiel aber ungefähr wie ein Pups.

Ich vertraute mich nach Monaten endlich meinen Eltern an doch diese glaubten mir nicht, schickten mich zu Psychologen und meinten immer wieder wenn der Geruch so schlimm wäre oder angeblich vorhanden wäre würden sie diesen ja auch wahrnehmen. Es war jedoch wirklich tatsächlich so, dass in Situationen in denen ich im gewohnten Umfeld war, dieser Geruch nicht auftrat. Ich erkläre mir das so, dass dieser Gestank dann auch durch meine Angst und meine Unsicherheit ausgelöst wurde und wenn ich mich sicher fühlte, mein Körper entspannt war und nichts absonderte.

Es ist bei mir auch der Fall, dass dieser beißende Geruch (er ist sehr schwer zu beschreiben irgendwie so in die Richtung "Hasenpisse/Katzenpisse" vergleichbar mit Gras – zum Kiffen) mal wirklich monatelang "pausiert".

Nun bin ich im Internet auf den Begriff Bromhidrose gestoßen, es stimmt bei mir vieles überein, jedoch übermäßiges Schwitzen oder Schwitzen an den Füßen oder so etwas überhaupt nicht. Ich schwitze ganz normal überhaupt nicht übermäßig!!!!

Ich brauche unbedingt Leute zum Austausch und möchte wirklich eine Art Aufruf starten, an all diejenigen die dasselbe durchleben wie ich. Für mich wäre es unwahrscheinlich wichtig mit jemandem darüber zu sprechen/schreiben der dasselbe Problem hat.

Mama hatte in der Schule bereits alles arrangiert. Absolut clever. Ich wusste damals nichts davon.
Nach der Vorstellungsrunde in der alten Mensa schaute Frau Lauritz auf die Uhr und beendete das erste Treffen:
„Bis zum Beginn der nächsten Schulstunde ist noch ein wenig Zeit. Bei dem schönen Wetter geht ihr am besten raus auf den Schulhof. Ihr solltet die Zeit dazu nutzen, euch erst einmal ein wenig auszusprechen und kennenzulernen. Vielleicht planen die Fahrradbegeisterten bereits einen ersten Ausflug für den Nachmittag? Oder ihr verabredet euch zum Joggen und die Tennisspieler zum Tennis. Mit dem Klingeln kommt Ihr dann bitte wieder hier in die Alte Aula."
Der wahre Grund für die Pause war eine improvisierte Besprechung der Lehrer unserer Klasse. Mama hatte darum gebeten, um über den Grund informieren zu dürfen, der zum Familienwechsel von Odile geführt hatte, und sie wollte um besondere Wachsamkeit bitten, damit sich derartige Anfeindungen für Odile nicht wiederholten.
„Die Reaktion der ursprünglichen Gastfamilie kann man zwar verstehen, wenngleich sie offenbar sehr übertrieben war. Um Ihnen einmal deutlich zu machen, wie schwierig das Leben für Odile ist, möchte ich Ihnen, wenn Sie gestatten, einen Text vorlesen, den mein Kollege aus der

Dermatologie der Uniklinik mir zu diesem Problem gefaxt hat."

Dann las sie den erstaunten Lehrern den Brief der hilfesuchenden Patientin vor.

11.

Am Nachmittag musste ich Odile wieder an Renate abtreten. Segeln mit der Schul-Segel-AG auf dem Einfelder See. Wegen der niedrigen Wassertemperaturen mussten Thermoprenanzüge getragen werden. Zu unserer Überraschung hatte Odile ihren Thermoprenanzug mit. Ihre Begründung leuchtete ein: Wenn es besonders wichtig war, ihre Umgebung nicht abzustoßen, konnte sie ihn für ein paar Stunden vorbeugend unter ihrer Kleidung anziehen. Außerdem wollte sie ihn tragen, falls sich Gelegenheit zum Wasserball bieten würde. Von dieser Seite gab es also keine Probleme.

Durchgefroren und mit blauen Lippen kamen die Mädchen gegen Abend zurück.

Odile hatte noch nie gesegelt. Am Anfang war sie wohl etwas ängstlich gewesen aus Furcht, alles falsch zu machen. Letztlich hatte sie sich aber offensichtlich ganz wacker geschlagen.

Mama hatte wieder perfekt geplant: Zum Aufwärmen war die Sauna bereits angeheizt. Aber Odile wollte nicht.

„Wir haben in der Schule gehört, dass man in Deutschland unbekleidet in die Sauna geht. Das möchte ich nicht. Und außerdem..."

Doch das war kein Problem. Man beschloss, Badezeug anzuziehen.
Um ehrlich zu sein, es war mir auch lieber so. Ich wäre sonst nicht zusammen mit den Mädchen in die Sauna gegangen. Das wäre wohl auch etwas seltsam gewesen. Unser Haus war nicht sehr groß und nur teilweise unterkellert. Deshalb hatten wir die Sauna und einen kleinen Ruheraum mit Holzliegen in einem Holzhäuschen im Garten.
Ich ließ den Mädchen den Vortritt.
Eigenartig. Im Schwimmbad und am Strand wäre das ganz normal und natürlich gewesen. Mädchen liefen im Bikini herum und ich sitze gleich daneben oder wir spielen zusammen Beachvolleyball, und wir reden ganz normal miteinander, wie wenn wir vollständig angezogen wären. Aber der Gedanke, mit Reni und Odile zusammen in der Sauna zu sein, auch wenn wir nicht nackt sein würden, war irgendwie aufregend. Ein wenig so als wären sie in Unterwäsche. Zugegeben, manche Mädchen finde ich auch am Strand im Bikini schon sehr interessant und schaue sie mir heimlich genauer an. Aber in der Sauna?
Als ich endlich zu ihnen kam, hatten sie ihren ersten Gang schon fast beendet, und kurz darauf ließen sie mich allein. Ich hatte erwartet, dass es im Saunaraum furchtbar stinken würde. Odile müsste doch besonders stark schwitzen. Aber erstaunlicherweise war es nicht so. Im Vorraum hatte ich ihren Geruch sofort wahrgenommen. Aber in der Kabine merkte ich so gut wie nichts. Vielleicht hatte unser Physiklehrer wirklich Recht damit, dass in der Sauna die Feuchtigkeit auf unserer Haut hauptsächlich Kondenswasser ist und kein Schweiß. Schließlich ist es in

der Saune achtzig bis neunzig Grad warm, und unsere Haut kommt selbst an der Oberfläche wohl kaum auf über vierzig Grad. Da würde es nicht wundern, wenn sich trotz der geringen Luftfeuchtigkeit zumindest nach einem Aufguss auf unserem Körper Kondenswasser bildete.

Unsere Saunahütte gefiel Odile. Am Abend machte sie einen abenteuerlichen Vorschlag:
„Entschuldigen Sie, wenn ich das frage. Ich schlafe gern mit Reni zusammen in ihrem Zimmer. Aber wäre nicht alles viel einfacher, wenn ich im Ruheraum des Saunahäuschens schlafen würde?"
Die Eltern waren entsetzt.
„Nein. Das kommt nicht in Frage. Du wohnst bei uns", widersprach Mutter.
„Wir können unmöglich ein vierzehnjähriges Mädchen, das bei uns zu Gast ist, mutterseelenallein im Gartenhaus schlafen lassen", bestärkte Vater die Ablehnung. „Nein, das ist kein guter Plan."
„Schade", lenkte sie ein, begründete ihren Wunsch aber doch noch ein wenig, „ich fühle mich wohler, wenn ich niemanden belästige. Zu Hause habe ich im Dachgeschoss ein Zimmer für mich. Da oben schlafe ich ganz allein."
„Aber wenn sie es doch gern möchte?", fragte ich.
„Nein. Das ist kein Plan."
Da kam mir eine Idee:
„Ich könnte ja im Saunahäuschen schlafen und Odile in meinem Zimmer."
„Das würde dir so passen!", reagierte Mutter spontan.
„Warum eigentlich nicht?", meinte Papa, „ist doch schick, so eine sturmfreie Bude."

„Wir haben doch sogar schon im Garten gezeltet!", erinnerte ich. „Und da ist die Saunahütte doch viel bequemer."
„Heute jedenfalls noch nicht. Aber wir sehen uns das morgen mal in Ruhe an."
„Wäre das auch eine Lösung für dich?", wandte sich Mutter an Odile.
„Ja. Wenn Jakob das möchte."
Renate sah mich grinsend an:
„Merci, Jakob, très gentil, vraimant!"
„Blöde Kuh!", murmelte ich in mich hinein.
Später knöpfte ich sie mir vor:
„Kannst du das nicht sein lassen? Am liebsten würde ich dir eine knallen, wenn du mich so lächerlich machst."
„Versuch's doch. Wirst sehen, was du davon hast."
Als hätte ich nichts gesagt, hänselte sie mich weiter:
„Wolltest du dein stinkendes Hündchen in die Hundehütte setzen?"
Auf so etwas Gemeines konnte ich nicht reagieren. Ich versuchte, mich zu beherrschen. Doch wenn ich Wut hatte, kamen mir die Tränen. Das sollte sie nicht merken. Dann hätte sie mich bestimmt ausgelacht. Ich war einfach machtlos, ließ sie reden, drehte mich um und ging.
„Und nun zieht Herrchen selbst in die Hundehütte und überlässt dem Tierchen sein Haus. Ha, ha!", hörte ich sie noch sagen.
„Und die böse Schwester profitiert davon!", rief ich noch zurück.
„Und das süße Hündchen!"

12.

„Ich hab noch mal mit Mama gesprochen. War dir das ernst gemeint, dass du in die Sauna ziehen willst?", fragte mich Vater am nächsten Morgen. „Renate wäre ganz froh, wenn sie wieder allein schlafen könnte."
„Klar war mir das ernst. Meinst du etwa, ich hätte Angst allein?"
„Das nicht. Aber du weißt, die Hütte hat kein vernünftiges Schloss."
„Na und? Ich hab sowieso keine Wertsachen. Da wird schon keiner einbrechen. Aber wenn es euch beruhigt, ich hab schon mit Jan gesprochen. Er programmiert mir mein Handy so, dass ihr mich jederzeit über die Wechselsprechanlage des Türöffners erreichen könnt und umgekehrt. Er meint, das sei ganz einfach."
„Gut. Wenn du willst, warum nicht. Ist ja nicht für ewig."
„Danke Paps, finde ich toll."
Am Abend startete die Einweihungsparty. Das heißt, Party war übertrieben. Ich hatte geplant, zusammen mit Jan und seinem Austauschschüler und vielleicht dazu noch ein deutsches und ein französisches Mädchen einzuladen und mit ihnen zusammen feierlich meinen Umzug zu zelebrieren. Natürlich sagte Jan sofort zu.
„Wir feiern heute meinen Einzug ins Gartenhaus. Jan und Thiéry kommen und helfen. Jan ist Verteidiger in meiner Mannschaft. Eigentlich mein bester Freund. Und Thiéry kennst du ja. Und wen von den Mädchen sollen wir einladen?", fragte ich Odile, „Wenn du eine besondere Freundin bei den Austauschschülerinnen hast, frag sie, ob sie kommen will."

„Vielleicht Julie. Aber du fragst sie besser selbst, wenn wir in der Schule sind. Vielleicht magst du ja das deutsche Mädchen nicht, bei dem sie wohnt. Dann brauchst du sie nicht einzuladen."
„Unwichtig. Ich kenne keine besonders gut, aber ich verstehe mich mit allen."
„Willst du das nicht lieber doch selbst entscheiden?", fragte sie. „Vielleicht findest du Julie ja doof."
„Ich glaube, ich weiß, welche du meinst. Von der Vorstellung her. Die war nett. Aber du kannst sie mir ja vorher noch einmal zeigen. Und dann entscheiden wir zusammen. OK?"
„OK."

Julie sah nicht aus wie eine Französin. Sie war das einzige blonde Mädchen in der französischen Gruppe. Groß, kräftig, etwas zu kräftig, um verführerisch zu wirken. Aber ich wusste, Jan fand sie gut. Er wirkte selbst ein wenig ungeschlacht, obwohl er sehr sportlich und bestens durchtrainiert war und über eine ungeheure Kondition verfügte. ‚Ein stattliches Paar', würde man sagen, wenn sie sich einmal finden würden.
Dank der für den Anfang geplanten Beschäftigungstherapie begann unser Treffen gleich sehr munter: Wie Ameisen mit ihren Eiern trugen unter meinen Anweisungen alle gemeinsam meine Habseligkeiten aus meinem Zimmer durch das Haus, über die Terrasse in die Saunahütte. Jeder einzelne Gegenstand wurde mit Kommentaren bedacht, und es wurde diskutiert, ob er nicht unbedingt für Odile dableiben müsse.

Das Poster von Audrey Hepburn durfte nicht mit, musste aber abgenommen werden.

„Es würde Odile beleidigen, dass so eine halbe Portion deine Fantasie anregt."

Jane Fonda ereilte das gleiche Schicksal. Allerdings mit ganz anderen Kommentaren diesmal. Gut, dass gerade keine Mädchen im Raum waren.

Als sie wieder dazu kamen, wurde es kommentarlos eingerollt und zu Audrey auf den Schrank gelegt.

Am meisten wurde über den Wollschal gelästert, ein unverzichtbares Textil, das ich mir in der Nacht um den Hals zu wickeln pflegte und ohne den ich mir einbildete, mich zu erkälten. – Zumindest in der kühlen Jahreszeit.

Zuletzt kam ich noch mit meiner Gitarre hinterher. Ich selbst spielte nicht gut. Und singen wollte ich natürlich auch nicht vor Odile. Aber ich hoffte auf ein kleines Ständchen von Jan.

Am Ende stellten wir die Gartenmöbel vor meine kleine Villa, und alle durften sich bei Cola, Sprite, Radler und belegten Brötchen von den Strapazen erholen. Natürlich waren wir uns noch ein wenig fremd, aber der gemeinsam bewerkstelligte Umzug hatte die Atmosphäre bereits erheblich gelockert.

Besorgt beobachtete ich Odile. In der Schule hatte man es nicht gemerkt. Die alte Aula war ziemlich groß und hatte eine hohe Decke. Und wir beiden saßen ganz hinten am Rand. Von der Luft in unserem Klassenzimmer waren wir ohnehin nicht gerade verwöhnt. Auch unser Möbelcorso war gut gegangen. Wer es nicht wusste, hatte nicht ahnen können, dass der leichte Geruch in meinem Zimmer und im Treppenhaus von ihr kam. Draußen im Garten hatte sie sich ihren Stuhl zwischen mich und Silvie gestellt. Sie machte das ganz geschickt. Hatte schließlich genug schlechte Erfahrungen gemacht.

Erst als es draußen zu kühl wurde und wir in den engen Ruheraum des Gartenhäuschens umziehen mussten, wurde es kritisch.

Zunächst kam sie mit in unsere jetzt ziemlich eng gedrängte Runde. Doch sehr bald verließ sie den Raum und ging zum Haus.

„Sag mal, ist das deine Kleine?", fragte Jan, als sie weg war, und machte eine schnuppernde Geste.

„Ich denke, sie duscht wenigstens dreimal am Tage", erinnerte sich Gerda, die Austauschpartnerin von Julie.

Nun war ich wohl dran. Alle schauten auf mich.

Gerdas Bemerkung kam mir gelegen. Ich konnte vergessen, was ich mir zusammen mit Mama für diesen Fall an Erklärungen zurechtgelegt hatte und antwortete:

„Nun wisst ihr auch warum. Was meint Ihr, weshalb sie wohl eben weggegangen ist? Sicher steht sie auch jetzt wieder unter der Dusche, die Arme. Versteht ihr, was sie uns bei ihrer Vorstellung hatte sagen wollen?"

Peinliche Stille. Von Jan kam das erlösende Wort, das notfalls auch ich gesagt hätte. Aber so war es mir lieber:

„Aber ich finde, sie ist ein unheimlich sympathisches Mädchen."

Es dauerte nicht lange, und sie kam zurück und setzte sich tapfer auf ihren Platz von vorher. Ihr Haar hatte ein paar feuchte Strähnen. Ich glaube, sie ahnte, dass wir über sie gesprochen hatten.

Als wäre sie nur deshalb hinausgegangen, reichte sie uns eine kleine Keksdose, die sie mitgebracht hatte, mit einem bunten Bild des Schlosses von Sceaux.
„Es sind Suzette-Kekse, eine Spezialität aus Sceaux, wo ich wohne. Schmecken ein wenig nach Orangenlikör. Sind aber so gut wie alkoholfrei. Mögt ihr sie probieren?"
Odile blieb noch eine halbe Stunde bei uns, deutlich länger als ihre Dusche hielt. Aber niemand machte eine Bemerkung. Alle waren sehr nett zu ihr. Ich glaube, ihr Einstieg in unsere kleine Runde war gut geglückt.
Doch dann verabschiedete sie sich plötzlich:
„Ich bin noch immer etwas müde von der Reise. Bis morgen. Es war schön mit euch! Vielen Dank! "
Spontan wollte ich sie zurückhalten. Aber ehe ich etwas sagen konnte, hatte ich ihren Blick verstanden und ließ sie gehen.

13.

Wenige Tage später bekam Mutter einen dicken Brief aus Frankreich. Odiles Mutter hatte ihn geschickt. Sie las ihn uns allen vor, als Odile bei ihrer Freundin Julie war.
„Irgendetwas machen wir falsch", begann sie. „Odile glaubt nicht, dass wir sie wirklich mögen. Lasst uns überlegen, was wir ändern können. Folgendes hat mir ihre Mutter geschrieben:

Chère Madame, cher Monsieur!
Wir sind froh und dankbar, dass Sie und Ihre Fami-
lie unsere geliebte kleine Odile aus einer schwieri-

gen Lage befreit haben. Sie war ganz verzweifelt gewesen. Aber nun ist sie ja bei Ihnen und fühlt sich sicher und wohl bei Ihnen, soweit sie das in ihrer Lage und fernab vom gewohnten Zuhause kann.
Ich glaube, besser konnte sie es nicht treffen. Lesen Sie selbst, was sie schreibt.
Seien Sie ganz herzlich gegrüßt,
Marianne Duboise

„Und nun der Brief von Odile."
Mutter faltete den Brief auseinander, den sie an ihre Eltern geschrieben hatte.
Ich war empört. Ehe sie anfangen konnte, riss ich ihn ihr aus der Hand.
„Das kannst du doch nicht machen. Das ist geschmacklos."
Sie nahm den Brief mit Gewalt zurück, der ich nur nachgab, da ich fürchtete, der Brief würde sonst zerreißen.
„Ich weiß, was ich tu!", sagte sie streng.
„Das darfst du nicht. Sie hat ihn nicht an uns geschrieben. Schlimm genug, dass diese Frau ihn dir geschickt hat."
„Und warum meinst du, hat sie ihn geschickt? Meinst du nicht, sie tut das, weil wir alle wissen sollen, wie es Odile geht? Damit wir sie besser verstehen? Damit wir sie so behandeln können, wie sie es verdient? Also, weil sie etwas Gutes für ihre Tochter tun will?"
Ich überlegte. Irgendwo hatte sie vielleicht doch mal wieder Recht.
„Aber es ist trotzdem respektlos, wie ihr Mütter mit uns umgeht. Einfach taktlos."

„Verantwortung ist mir immer schon wichtiger gewesen als Takt. Außerdem wissen wir oft besser als ihr, was für euch gut ist."
„Wie die Mütter in Indien, wenn sie bestimmen, wen ihre Kinder heiraten."
„Wer weiß, ob diese Ehen nicht am Ende besser laufen als Liebesheiraten."
Ich setzte noch einen drauf:
„Und wie die Afrikanerinnen, die ihre Töchter beschneiden lassen."
„Bist du jetzt ganz durchgeknallt?", schrie Renate auf.
„Lass gut sein, Reni.", beruhigte Mutter, „irgendwie kann ich ihn ja auch verstehen. Aber glaubt mir, ich habe es mir gut überlegt. Ich weiß schon, was ich tu."
Ich gab auf.
„Darf ich jetzt lesen?"
Papa hatte sich nicht eingemischt. Das tat er grundsätzlich nicht, wenn Mama Streit mit uns hatte.
Ich schwieg. Sollte ich aus Protest weggehen?
Ich blieb. Auch natürlich aus Neugierde. Aber nicht nur. Wenn es, wie Mutter sagte, letztlich besser so für Odile war, wollte ich bleiben.

„Das also ist Odiles Brief", begann sie und las ihn vor:
Chère Maman, cher Papa[7],
macht euch keine Sorgen, mir geht es gut. Ich lebe jetzt in einer neuen Gastfamilie, nachdem ich in der ersten Probleme gehabt hatte: Das Übliche. Ihr kennt es ja.
Zur Familie gehören außer den Eltern zwei Kinder: Renate (13) und Jakob (14), der zu der Klasse

gehört, in der auch die übrigen Austauschschüler sind.
Ich glaube, besser konnte ich es nicht treffen.
Die Mutter hat mich zwar auch erst einmal unter die Dusche geschickt, als sie dann aber merkte, was mit mir los war, hat sie mich in die Arme genommen und getröstet.
Und stellt euch vor, währenddessen hat der Familienvater seinen Kindern den Brief vorgelesen, den wir für die Familie verif hatten, dann kamen sei zusammen.
„Schau her, Odile", sagte er. „Regarde!"
Und vor meinen Augen hat er das Rückfahrticket zerrissen.
„Unsinn", oder so etwas Ähnliches hat er dann noch gesagt, „du gehörst jetzt zu uns."

Wirklich, sie sind alle ganz, ganz lieb zu mir. Seid ohne Sorgen!
Nur ganz am Anfang geschah dem Jungen ein Missgeschick. Als beim Abendessen mein Geruch zur Sprache kam, sagte Jakob dem Sinne nach:
„Die Familie von meinem Freund hat einen Hund. Einen alten Golden Retriever. Der stinkt auch ganz fürchterlich. Aber die riechen das gar nicht mehr. Sogar beim Essen ist er immer dabei."
Als er merkte, was er für einen Fauxpas begangen hatte, rannte er weg in sein Zimmer und wollte niemanden mehr zu sich lassen. Er tat mir so leid. Ich bin dann auch aufgestanden und ihm nachgegangen, und ich glaube es hat ihm gut getan, dass

ich ihn getröstet habe. Aber ich habe den Eindruck, er meint immer noch, er müsse etwas wieder gut machen.

Überhaupt, sie sind alle so besorgt um mich. Das ist nicht normal. Sie behandeln mich leider wie eine Kranke. Rührend bemüht, bloß nichts falsch zu machen. Oder sagen wir, wie ein Haustier, das es gut haben soll. Ganz lieb, aber wirklich ein bisschen wie einen Hund, den sie verwöhnen.

Und so als verwöhnter Hund lebt es sich eigentlich ganz gut. Ich bekomme reichlich zu essen, man geht Gassi mit mir, ich bekomme Leckerli (so nennen sie hier Leckerbissen für Hunde) aller Art, und nicht nur solche, die man essen kann. Ich glaube, ihr wisst, was ich meine.

Aber eigentlich möchte ich nicht wie ein geliebter Hund sondern wie ein vollwertiger Mensch behandelt werden. Von mir aus auch wie ein ungezogenes Mädchen ausgeschimpft werden, wenn ich mich mal daneben benehme – ihr kennt das ja von mir. Aber das würden sie nie tun. Keiner. Schade.

In der Schule klappt das ganz gut. Bei der Vorstellung habe ich das gesagt, was wir uns überlegt hatten. Sie haben es für einen Witz gehalten. Aber ich glaube, es hat sich eingeprägt. Und irgendwann werden sie vielleicht merken, warum ich das gesagt habe. Zumindest einige.

Liebe Mama, lieber Papa,
seid also unbesorgt. Mir geht es gut. Viel besser als ich gefürchtet hatte.
Je vous embrasse très fort,

Odile

„Na, war es wirklich so schlimm, dass ihre Mutter uns den Brief geschickt hat und wir nun etwas besser wissen, was in Odile vorgeht?"
Keine Antwort.
„Und was bringt das? Was sollen wir jetzt tun?", wandte ich trotzig ein.
„Ich fürchte", begann Papa, „Odile glaubt, wir sind nur aus Fürsorglichkeit nett zu ihr. Sozusagen aus christlicher Nächstenliebe. Was sie sich wünscht, ist aber emotionale Nähe, Liebe aus dem Bauch heraus, wie man heute sagt, also unreflektierte, spontane menschliche Zuneigung. Ich weiß nicht, ob ihr versteht, was ich meine."
„Aber das stimmt doch nicht. Wir mögen sie doch. Wir spielen doch nicht Theater", protestierte ich.
„Das weiß ich ja. Das geht uns doch allen so. Oder?"
„Klar."
„Nur kommt das nicht genug rüber."
„Aber das liegt doch an ihr", maulte Renate. „Was sollen wir denn tun?"
„Natürlich liegt es an ihr. Sie kann sich einfach nicht vorstellen, dass jemand sie mag, so wie sie sich sieht, als eine stinkende Pubertierende."
„Papa!", protestierte Renate.
„Doch, so ist es, und da kommt sie einfach nicht mit zurecht", stimmte Mutter zu.
„Und was sollen wir jetzt tun?"
„Erst mal alles verdauen. Gefahr erkannt, Gefahr gebannt. Vielleicht reicht es ja schon, dass wir sie jetzt besser verstehen", meinte Mama.

Offenbar wollte sie sich noch einmal rechtfertigen.

14.

Ich hatte ein Eigentor geschossen. Nicht im Fußball. Da ist mir so etwas noch nie passiert. Nein, privat.
Um in der Sprache des Fußballs zu bleiben: Ich hatte mich ins Abseits gestellt. Will sagen, ich wurde nicht angespielt, und wenn doch, dann zählte das nicht.
Ganz so schlimm war es freilich nicht. Aber ich empfand es so.
Der Grund: Meine Hütte im Garten stand abseits.
 Zunächst nur geografisch. Aber seit ich mich örtlich entfernt hatte, spielten sich viele Teile des Familiengeschehens ohne mich ab. Getrenntes Bett, getrenntes Bad, Schulaufgaben sozusagen außer Hause und, was vielleicht das Gravierendste war: Ich bekam vieles nicht mehr mit.
Nach der Schule ging Odile auf ihr Zimmer, das einmal meines gewesen war, ich in die Hütte. Wir trafen uns zum Essen oder wenn etwas verabredet war.
Renate hatte es einfach: Hörte sie Odile nach Hause kommen, ging sie ihr entgegen, bat sie zu sich in ihr Zimmer oder, wenn sie dann die übliche Dusche hinter sich hatte, klopfte sie bei ihr an und setzte sich zu ihr. Sie wusste bald viel mehr von ihr als ich, und sie war es vor allem, die zusammen mit ihr den weiteren Tag plante, wenn ich ihr nicht schon in der Schule zuvorgekommen war.

Ganz selten einmal kam Odile zu mir in meine Hundehütte. Eigentlich hätte sie merken müssen, wie ich mich freute, wenn sie bei mir war. Ich hielt immer extra einen Sitzplatz für sie frei. Und wenn nicht, räumte ich ihr sofort einen Stuhl oder eine der Liegen frei, die meist von meinen Klamotten und Schulsachen überschwemmt waren. Oder, bei schönem Wetter, stellte ich zwei Sessel nach draußen vor die Hütte. An manchen Tagen stellte ich Stühle und einen Tisch raus, wenn ich mich allein gelassen fühlte, und setzte mich ostentativ hinaus, hoffend, dass ich gesehen würde und sie sich zu mir setzte. Wir waren doch Klassenkameraden, saßen in der Schule nebeneinander und erlebten viele Stunden gemeinsam. Bemerkte sie es nicht? Verstand sie es nicht? Traute sie sich nicht oder wollte sie nicht?
Nicht sie, sondern ich war jetzt der Hund. Wenn sie kam, hatte ich das Gefühl, sie tat es, weil sie merkte, dass ich mich einsam fühlte in meiner Hütte. Sie war es, die jetzt die Leckerli verteilte. Rollentausch. Jetzt empfand ich ihre Freundlichkeit als fürsorgliche Nächstenliebe und glaubte nicht an ihre spontane Zuneigung. Es war, wie sie es in ihrem Brief bedauernd beschrieben hatte.

Freilich, wenn ich, was ich bisweilen wagte, unter irgendeinem Vorwand ins Haus ging und an meine – jetzt ihre – Zimmertür klopfte und sie nicht schon wieder im Nachbarzimmer bei Renate war, wenn sie dann freundlich „herein" rief und ich sie allein antraf, plauderten wir miteinander wie gute Freunde. Ich glaube, das war es überhaupt: Odile und ich waren gute Freunde geworden. So wie sie und Renate. Konnte ich mehr erwarten?

15.

Ich war einer der wenigen in unserer Klasse – von ein paar Mädchen abgesehen – die schon tanzen konnten. Und ich glaube, ich war da sogar ganz gut. Jedenfalls tanzten die Mädchen gern mit mir. Freilich nur die gelernten Schritte von Jive, Foxtrott, Cha-Cha-Cha, Tango und natürlich Walzer, aber das genügte ja auch.

Also freute ich mich, dass die Schule zu Ehren der französischen Gäste am letzten Samstagabend die Alte Aula für eine Disco zur Verfügung gestellt hatte.

Am Nachmittag half ich zusammen mit Odile, den Raum herzurichten: Tische und Stühle an den Rand, Lampen mit buntem Krepppapier verklebt.

Jan kümmerte sich um die Elektronik für den DJ – einen Oberstufenschüler, der sich mit diesem Job sein Taschengeld verdiente.

Dann ging es erst noch einmal nach Hause. Ausnahmsweise kam Odile mit mir in meine Hütte.

„Kannst du tanzen?", fragte ich sie.

„Ich habe schon ein paarmal bei Klassenfesten getanzt."

„So richtig Cha-Cha-Cha und so?"

„Das nicht. Das lernen wir erst in der Tanzschule. Da war ich noch nicht."

„Und? Tanzt du gern?"

„Eigentlich schon, aber du weißt ja..."

Ich hatte überhaupt nicht daran gedacht.

„Und du, tanzt du denn gern?", fragte sie zurück.

„Und wie!"

„Tanzt du denn auch mit mir?"
„Wenn du willst, den ganzen Abend!", platzte es aus mir heraus.
„Auch wenn ich eigentlich nicht tanzen kann?"
„Wir werden schon klar kommen."

Vorfreude ist die schönste Freude.
Das Fest wurde eine einzige Katastrophe für mich. Einen Tanz lang hatte ich sie im Arm. Aber es ging nicht. Wir kamen nicht zurecht. Zerknirscht gab ich auf und musste zusehen, wie Thiéry, als hätte er nur darauf gewartet, sie sich schnappte und in dem eigenartigen Stil mit ihr tanzte, wie es alle Franzosen taten. Odiles Hand fest in seiner, hopste er mehr wie ein Affe herum als er tanzte. Mit ausladenden Armbewegungen setzte er sich in Positur, zog Odile an sich, drehte sie um sich herum und stieß sie wieder weit von sich. Immer wieder. Offenbar kannte sie das und machte so geschickt mit, als wären sie ein eingespieltes Paar.
Ich beobachtete, wie er das machte. Es waren nur drei kurze einfache Figuren, die er beherrschte und immer wieder kombinierte. Aber er tanzte sie mit ausdrucksvoller geschmeidiger Motorik – und absolutem Selbstbewusstsein. Nicht gerade so wie ein deutscher Tanzlehrer es sich wünschte. Keine lehrbuchmäßige Tanzhaltung. Ganz das Gegenteil. Doch er strahlte in seiner animalischen Urwüchsigkeit unbändige Lebensfreude aus und riss seine Tanzpartnerinnen mit. Irgendwie war alles aus einem Guss. Kein Tanzen in meinem Sinne. Aber faszinierend. Er wusste, hier war er der King. Und man sah es.
Noch nie hatte ich Odile so locker und heiter gesehen.

Ich verschanzte mich hinter dem Getränkeausschank. Wenn Damenwahl angekündigt wurde, ging ich hinaus. Tanzen wollte ich nicht mehr an diesem Abend.
Von Zeit zu Zeit kam Odile und half mir beim Ausschank. Das tat gut. Natürlich hatte sie gemerkt, was mit mir los war. Fühlte sich am Ende vermutlich sogar schuldig. Dabei konnte sie doch nichts dafür.
„Sollen wir es nicht noch einmal probieren?", schlug sie vor, als ein ganz langsames Stück gespielt wurde. „Vielleicht war die Musik eben einfach zu schnell für mich."
Auch das tat gut.
Sie zog mich auf die Tanzfläche. Aber dann entschied sich der Diskjockey neu und legte ein anderes Lied auf.

15.

Dass ich Torwart unserer Fußballmannschaft geworden war, hatte ich mir nicht ausgesucht. Ich war der Längste. Und da haben sie mich gleich bei der Zusammenstellung der Mannschaft für diese Sonderrolle ausgewählt. Sozusagen als letzte Instanz.
Ich habe sie nicht enttäuscht, galt als zuverlässig, und man schätzte meinen Überblick.
Aber das ist nichts Besonderes. Als Torwart hatte ich das ganze Spielfeld im Blick und verfolgte jeden Spielzug. Ich war ein aufmerksamer Beobachter. Nichts entging mir. Ich konnte meinen Verteidigern gute Tipps geben. Vor allem über Stärken, Schwächen und Taktik der gegnerischen

Stürmer. Vielleicht hatte ich auf diese Weise schon das eine oder andere Spiel für uns zum Sieg gewendet.

Ich liebte meine zurückgezogene Position. Auch und gerade, wenn das Spielgeschehen in weiter Ferne ablief. Das war mir lieber als das Getümmel im eigenen Strafraum. Da hatte ich immer ein wenig Angst. Aber ich glaube, ich machte das ganz gut. Es gab zwar einen zweiten Torwart, aber man hatte mich, wenn es darauf ankam, noch nie auf der Bank sitzen lassen.

Eines allerdings war schade: Eindruck auf die, deren Aufmerksamkeit ich so gern gehabt hätte, machte ich in meinem fußballerischen Eremitenkasten nicht.

Kreischende Schreie begleiteten immer nur die Helden aus dem Sturm. Ich dagegen musste mich mit dem erleichterten Raunen, manchmal auch einem anerkennenden Klatschen begnügen, wenn ich mal eine gute „Parade" hingelegt hatte.

Am letzten Tag vor der Abreise der Franzosen hatten wir ein Fußballspiel.

Die ganze Klasse hatte ihr Kommen versprochen. Am Ende war es dann doch nur ein kleines Trüppchen. Immerhin, Renate und Odile waren da. Und natürlich Jans Austauschschüler. Thiéry und Odile trugen die neuen roten Trikothemden unserer Mannschaft, die wir ihnen als Souvenir beschafft hatten. Für Odile war es natürlich viel zu groß. Aber sie hatte es an.

Das Spiel lief gut für uns. Odiles Nähe schien mich zu beflügeln. Ich hatte ein paar schwierige Bälle gehalten, und ich konnte sehen, dass sie klatschte. Beim Stand von 1:0 gelang mir wieder einmal eine gute Parade, und ich bekam sogar Applaus. Ich bedankte mich mit einer kleinen scherzhaften Verbeugung in Richtung von Odile und Thiéry. Sie hatte es bemerkt, und ich sah, wie sie winkte.

Ich gab – einen unkonzentrierten Augenblick zu spät – den Ball zu Jan ab, der wie meist als Verteidiger in der Nähe stand.

Doch der gegnerische Mannschaftsführer kam dazwischen, erwischte den Ball und stürmte völlig frei auf mein Tor zu. Ich lief hinaus, und er schoss eine ziemliche Granate. Ich warf mich nach rechts und erwischte den Ball gerade noch mit der Faust. Doch der Abpraller rollte vor die Füße eines anderen Stürmers, der ihn problemlos in das leere Tor lenkte.

Resigniert blieb ich liegen.

„Nicht ärgern. War meine Schuld", hörte ich Jans Stimme. Als ich nicht reagierte, reichte er mir die Hand und half mir hoch.

„Hast du dir was getan?"

„Nein. Aber …"

„Na also. Kopf hoch. Du warst gut heute. Klasse, wie du den ersten gehalten hast. Weiter so!"

Ich schaute zu den roten Trikots am Spielfeldrand. Natürlich hatten sie alles gesehen.

Meine Kumpels kämpften wie besessen. Ich wurde nicht mehr ernsthaft gefordert. Es blieb beim 1:1.

Zu Hause verkroch ich mich in meine Hundehütte, entschlossen, zu knurren, wenn mich jemand stören würde.

„Schlechte Laune?"

„Lass mich!", bellte ich Renate an, als sie mich zum Essen holen wollte.
„Unentschieden gegen den Tabellenführer ist doch auch ganz gut!"
Mitleid oder Spott? Ich hätte sie verprügeln können. Aber wie ein Hund, der genau weiß, dass seine Kette nicht reicht, blieb ich, wo ich war.
„Er will nicht", hörte ich ihre Stimme vom Haus her.
„Soll ich ihm vielleicht etwas bringen?"
Träumte ich?
Das ‚*Ich*' hörte sich ein wenig an wie ‚*Isch*'. Aber nur ein wenig. Kein saftiges rheinisches ‚*Sch*'. Eher wie ein kleines verlegenes Lispeln. Dennoch keineswegs wie ein Sprachfehler. Ich habe versucht, es nachzumachen, wenn ich allein war. Sie muss ihre Zungenspitze dabei wohl ein wenig zu hoch haben. Fast wie bei einem stimmlosen ‚*s*'. Schwierig für eine Französin, die den Laut in ihrer Sprache nicht kennt.
Ich liebte ihre kindlich unschuldige Art, ‚*Ich*' zu sagen.

„Merci, Odile, très gentil, vraimant", hörte ich Renate kichern.
Dann kam Odile mit einem Teller zu mir heraus.
Kein Knurren aus der Hütte. Schwanzwedeln? Das nun auch wieder nicht.
Ich lag auf einer der Liegen. Noch konnte sie mich im Halbdunklen nicht sehen. Schnell nahm ich mein schmutziges Trikot und den Trainingsanzug von der anderen Liege, räumte das Tischchen frei und warf mich wieder hin, gerade so als hätte ich ihr Kommen nicht bemerkt.

Als sie hereinkam, zeigte sie mir den gefüllten Teller. Sie schien zu wissen, was ich mochte. Allerdings war es für mich allein viel zu viel und alles reichlicher belegt als wenn ich es gemacht hätte.
„Gut so?"
„Perfekt. Du kennst mich schon sehr gut."
Ich fühlte mich wie ausgewechselt. Mit dem Finger zeigte ich auf den Käse und sagte scherzhaft:
„Oui, j'aime bien avoir un peu de fromage!"
Ich weiß nicht, ob sie es begriffen hatte. Aber soweit ich es in der Dämmerung erkennen konnte, schaute sie mich fröhlich an. – Oder ich bildete es mir nur ein. Egal.
„Was möchtest du trinken?", fragte sie.
„Ein Bier. Das wäre toll. Aber das darf ich ja nicht."
„Vraiment?", fragte sie erstaunt.
Ich wusste nicht, ob sie meinen Wunsch oder das elterliche Verbot meinte. Ohne weiter zu fragen ging sie zum Haus zurück.
Drin schien es eine Diskussion zu geben. Es dauerte eine Weile. Dann kam sie mit einem Korb zurück und stellte ein Glas und eine Flasche Apfelsaft neben meinen Teller.
Ich schaute sie fragend an.
„Und du?", fragte ich versuchsweise.
Eine Weile hielt sie meinem enttäuschten Blick stand. Dann lachte sie.
„Nein, ich lasse dich nicht allein essen an unserem letzten Abend", und bevor sie die freie Liege wegschob und sich neben mich setzte, gab sie mir einen kleinen Freundschaftskuss „à la française", stellte ein zweites Glas auf den Tisch und schenkte ein.

„Auf unseren letzten Abend!", sagte ich, ohne auf ihre Worte einzugehen. Für mich ist es jetzt schon der schönste". – ‚Und traurigste', dachte ich insgeheim.
Gemeinsam leerten wir den Teller.
Wir kannten uns noch nicht so gut, um schweigend locker nebeneinander sitzen zu können. Aber die Unterhaltung war schwierig. Beide wollten wir eigentlich ganz viel sagen, aber keiner fand Gelegenheit und passende Worte. Wir wichen aus auf Schule, Ferien, Wasserball …
Plötzlich setzte sie sich gerade hin. Erwartungsvoll schaute ich sie an. Aber ihr Blick war gesenkt, wie so oft.
„Ich wollte dir etwas sagen", begann sie zögernd. „Du hast dich so sehr geärgert."
Und dann schaute sie mir doch plötzlich in die Augen.
„Das tut mir leid", sagte sie leise, „es war meine Schuld."
Meinte sie das Spiel oder unsere gemeinsamen drei Wochen?
„Ich habe euer Spiel verloren."
„Wie das? Du hast doch nicht mitgespielt."
„Doch. Für einen winzigen Augenblick. Ich hab dich abgelenkt. Ich hätte nicht winken dürfen. Aber ich wusste ja nicht …"
Sie brach mitten im Satz ab, und für einen Augenblick schaute sie hinaus in die Dämmerung des beginnenden Abends. Nur einen Augenblick. Dann sah sie mich wieder an und schüchtern legte sie tröstend ihre Hand auf meine. Liebevolle Fürsorge? Sie wollte mir gut tun. Wie so oft kam mir wieder der Brief an ihre Eltern in den Sinn. Ich konnte sie so gut verstehen. Mama hatte vielleicht doch Recht gehabt, dass sie ihn vorgelesen hat. Aber ihre

Worte klangen diesmal so, als ob es als mehr wäre als höfliche Liebenswürdigkeit.

Ich wagte es.
Ich beugte mich zu ihr.
„Merci, Odile, très gentil, vraimant!", flüsterte ich ihr ins Ohr.
Sie sagte nichts.
„Damals sagtest du es zu mir. Erinnerst du dich?"
Sie nickte: „Unser erstes Frühstück."
„Schon damals es war nicht nur ‚*gentil*'".
„Ich weiß."
„Damals schon?"
„Ein wenig damals schon."
„Und heute?", fragte ich ohne nachzudenken.

16.

Odile hatte während der ganzen Zeit ihre Hand auf meiner gelassen. Jetzt drückte sie sie kurz, dann stand sie auf und packte den inzwischen leeren Teller und die Gläser in den Korb.
Sie holte behutsam zwei neue Gläser hervor und stellte sie auf den Tisch. Biergläser.
Es folgten zwei Flaschen Bier.
„Hast du die heimlich …"
Sie hielt mir den Mund zu.
„Ein Gruß von deinem Vater!"
Ich sprang auf und ging vor die Tür des Saunahäuschens.

„Merci, Papa, très gentil, vraimant!", rief ich in Richtung des Hauses, wo ich ihn vermutete.

„Möchtest du nicht lieber draußen sitzen?", fragte sie und kam mir entgegen, als ich wieder in unser Häuschen wollte. „Hier in dem kleinen Raum, du weißt ja…"
„Aber du weißt es nicht. Eigentlich weißt du überhaupt nichts."
Für einen kurzen Augenblick nahm ich sie in die Arme und sog, dass sie es wahrnehmen musste, ihren Körpergeruch ein.
„Meinst du, darauf könnte ich verzichten?"
„Das wirst du wohl."
„Aber nicht heute Abend."

Beinahe wäre sie über mein Trikot gefallen, als wir zurück ins Dunkle gingen. Oder tat sie nur so? – Jedenfalls hob sie es auf.
„Sollen wir tauschen?"
„Das wäre toll."
„OK."
„Aber jetzt noch nicht, sonst riechst du nach mir!"
Als die elterliche Polizeistunde längst begonnen hatte, schlug ich vor, dass wir uns trennten, bevor Mama käme und uns auseinander triebe.

Zum Umziehen der Trikots zog sie sich ins Hintere des Raumes zurück. Ich war versucht, ihr nachzugehen. Aber nein. So weit waren wir noch nicht.
Als sie wieder zum Vorschein kam, drückte sie mir ihr warmes Trikot in die Hand.

„Bonne Nuit!"
„Bonne Nuit. Bis morgen!"
Zum Abschied umarmte und küsste sie mich wie es französische Sitte war – freilich ein ganz klein wenig fester und länger.

17.

Ich hatte gelesen, dass zu Zeiten der DDR der Staatssicherheitsdienst für den Erkennungsdienst Duftnoten von Verdächtigen nahm, versiegelte und archivierte[8].
Ich hatte daraufhin bei Tchibo eine Kaffeedose gekauft um ein winziges Etwas aufzunehmen, das ich Tage vorher in ihrem – eigentlich ja meinem – Zimmer hatte mitgehen lassen.
Ob eine Kaffeedose reichte? ‚Aromasicher' hatte auf der Reklame gestanden. Wochenlang wagte ich nicht, es zu testen, aus Angst, es könne seinen Duft verlieren.

Wie vergesslich waren doch meine Sinne!
Geschmack und Tastsinn waren nicht oder nur ganz oberflächlich mit ihr befasst gewesen. Leider. Ihnen galt daher kein Vorwurf. Wohl aber den anderen:
Nur ein paar Tage, und Odiles Gesicht zog sich aus meinem Gedächtnis zurück. Es verschwamm mit der Fotografie, die ich von ihr bekommen hatte und immer wieder betrachtete. Doch auch diese, so glückbringend ihr Anblick zunächst gewesen war, verlor unversehens ihr

Leben und wurde bei meinem allzu häufigem Gebrauch zur leblosen Maske.

Schneller noch ereilte das gleiche Schicksal die Stimme, die ich vergeblich versuchte, mir in Erinnerung zu bringen. Freilich, unter tausenden würde ich sie heraushören. Wie ihren Bravoruf auf dem Fußballplatz. Aber dennoch war der Klang ihrer Stimme nach wenigen Tagen nicht mehr vorstellbar.

Und der Geruch? Er war so ungewöhnlich und aufdringlich gewesen. So einzigartig. Schockierend nur ganz am Anfang. Sehr bald liebte ich ihn. Suchte ihn, wenn sie in meine Nähe kam. Schwelgte in ihm. War er aber verflogen, blieb nur das vage Gefühl der Erinnerung. Der wirkliche Duft ließ sich nicht reproduzieren. Zu schwach die Vorstellungskraft.

Dabei müsste eigentlich Geruch wegen seiner Entstehung die intensivste der drei Wahrnehmungen sein: Anblick und Klang der Stimme sind von Auge und Ohr empfangene Licht- und Schallwellen. Aus und vorbei, sobald ihre Quellen versiegen. Spurlos im Äther verschwunden.
Nicht so der Geruch. Ich nahm sie physisch, ja wirklich, materiell in mir auf.

Nie zuvor war es mir bewusst gewesen, erst die Begegnung mit Odile hatte mir zu der erregenden Erkenntnis verholfen, dass ihr Duft nicht nur die schöne Wahrnehmung ihrer Ausstrahlung, sondern ganz konkret das Aufsaugen ihrer Aromastoffe war, die kurz vorher noch Teil von ihr gewesen waren. Witterte ich ihren Duft, so drangen ihre Duftmoleküle in meine Nasenschleimhaut.

Ein Wunder: ich konnte tatsächlich Teile von ihr mit meiner Nase einfangen, wie eine fleischfressende Pflanze in mir absorbieren und letztlich in einen Teil von mir verwandeln[9].

Seither überkam mich ein vorher nicht gekannter Ekel bei unangenehmen Gerüchen. Kaum zu überwindender Widerwille befiel mich, wenn im Bus eine schwitzende Person neben mir Platz nahm, wenn sich im Umkleideraum unserer Fußballmannschaft Fuß- und Achselschweißgeruch ausbreitete oder wenn eine Toilette schlecht roch – ganz zu schweigen von üblem Mundgeruch.
Sogleich wurde mir seither bei solchen Gelegenheiten sofort bewusst, dass sich geradeTeile von Achselschweiß, Mund- oder Mageninhalt, um noch die harmloseren Verursacher zu nennen, in meinen Nasenschleimhäuten festsetzten.

Aber mehr als früher genoss ich es fortan, Geruchspartikel von liebenswerten Geschöpfen einfangen zu können.

18.

Als sie weg war, lief ich als erstes in mein Zimmer und warf mich auf ihr Bett, das nun wieder meines werden würde. Alles lag noch so, wie sie es eben erst verlassen hatte.

Unter dem Vorwand, Mutter sagen zu können, ich wolle es neu beziehen, holte ich neue Bettwäsche. Aber wenigstens heute wollte ich noch in ihren Laken schlafen.
Was blieb mir – außer einem Bildband von Schloss und Schlosspark in Sceaux, den ihre Eltern ihr als Geschenk für die Gastfamilie mitgegeben hatten – als Andenken an sie außer meiner Erinnerung? Nichts, was diese hätte ersetzen können, und ich fühlte schmerzhaft, dass auch die Erinnerung bereits begann, zu verblassen.
Ich versuchte, mir die Tage, die sie hier gewesen war, einen nach dem anderen, in Erinnerung zu bringen. Nicht einfach. Aber noch gelang es, allerdings nur mithilfe meines Kalenders.
Tags darauf ging es schneller. Erst recht am dritten und vierten Tag.
Aber später, nach einer Woche ohne Gedächtnistraining, schaffte ich es schon nicht mehr. Es blieben Lücken.

Seit ich auf Mutters Drängen – sie hatte mir erstaunlich lange Zeit gelassen – endlich Odiles Bettwäsche in die Waschküche gebracht hatte, war mir auch die olfaktorische[10] Gedächtnishilfe genommen. Immerhin blieb mir noch ein Taschentuch von ihr, das ich in ihrem Bett gefunden hatte, und ich ernannte es zu meinem Schnuffeltuch[11].

Es begann eine trostlose Zeit. Eigentlich ging es mir ja gut. Alles war wieder wie vor ihrem Besuch. Und dennoch: Wo ich auch hinschaute, wo immer ich hinging, selbst beim Fußballspiel, überall lebte immer noch Odile. Immer wieder kam für Momente das Gefühl, sie stehe neben mir im Raum. Schmerzhaft die Leere, wenn die Illusion zerbrach. Mein Zimmer, das Saunahäuschen, meine Fußballkleidung – natürlich entweihte ich das von Odile eingetauschte Trikot weder beim Training noch für die Mannschaftsspiele – bis hin zur Sitzordnung bei Tisch, wo nun ein Platz leer blieb. Überall wurden die Erinnerungen geweckt. Bis auch sie allmählich zu Opfern der Gewohnheit wurden.

19.

Nicht einmal Odiles Geruch konnte ich mir vorstellen, als das Schnuffeltuch seine Ausstrahlung aufgegeben hatte.
Ich wollte mich mit diesem grausamen Verlust nicht abfinden und suchte nach einem symbolischen Ersatz, einem Geruch, der ihrem ähnlich wäre. Tagelang ging ich durch die Gegend und suchte. Ich hatte nicht gewusst, wie voll der unterschiedlichsten Gerüche die Luft ist. Aber ich fand nichts Vergleichbares. Ich war versucht, den Duft von Rosen, Maiglöckchen oder Flieder zum Stellvertreter zu ernennen. Aber sie hatten nichts mit meinen Erinnerungen zu tun.
Schließlich kam ich auf Raps, der seinen betörenden Wohlgeruch mit einer Spur von Pestilenz teilte. Nicht jedermanns Lieblingsgeruch. Aber ich liebte ihn und suchte ihn auf, wo ich ihn fand.
Doch als die Blütezeit vorüber war und über den vorher so verlockend duftenden Feldern sich fauliger Geruch

legte und noch dazu die inzwischen braunen Felder hässlich wurden, suchte ich von neuem.

Es musste etwas sein, das für andere abstoßend war und in dessen Aroma nur ich allein einen wunderbaren, erinnerungsträchtigen Wohlgeruch wahrnahm.

Als mir beim nahen Bauernhof die säuerliche Duftnote von feuchter Silage in die Nase stieg, wusste ich, ich hatte gefunden, was ich brauchte.

Und die Wahl war gut gewesen. Wann und wo auch immer mir das zum Wohlgeruch mutierte säuerliche Aroma entgegenschlug, sog ich genüsslich die Luft ein, und Odiles Bild tauchte vor mir auf, wie sie am ersten Tag in Papas Auto vor mir saß.

Wenn ich Sehnsucht hatte, ging ich die paar Schritte, setzte mich auf die Findlingssteine vor dem Bauernhof, hinter mir die Grube, vor mir weite Wiesen, und genoss die würzige, erinnerungsträchtig angereicherte Landluft.

20.

„Eine Woche war viel zu kurz. Ihr habt einen reizenden Jungen", begann ein Brief von meiner Mutter – fünfzehn Jahre später.

Und er endete:

„Wir werden den anheimelnden Duft in seinem Zimmer vermissen ..."

Anmerkungen

¹ Als **Moschus** wird ein Duftstoff bezeichnet, der ursprünglich vom Moschustier stammt. Heute werden industriell hergestellte Ersatzstoffe bei Herstellung von Parfümen und Seifen verwendet. Moschus enthält Bestandteile, die Strukturähnlichkeiten zu Pheromonen haben und aphrodisierend wirken sollen. Der deutsche Chemiker Heinrich Walbaum konnte im Jahre 1906 die Hauptkomponente von Moschus in Form weißer Kristalle isolieren.[2] Er nannte die Verbindung Muscon, die Struktur wurde 1926 von Lavoslav Ružicka geklärt. Natürliches Muscon wird aus Moschus gewonnen, das schon seit Jahrhunderten als Parfum dient. Es ist eine ölige Flüssigkeit, die in der Natur als (R)-(−)-Enantiomer [(R)-(−)-3-Methylcyclopentadecanon] vorgefunden wird. Ursprünglich wurde nur das Sekret aus einer Drüse am Bauch des Moschustiers vor den Geschlechtsorganen „Moschus" genannt. Bereits im Altertum war Moschus über die Vermittlung durch die Perser bekannt; Moschushirsche lebten an den Ostgrenzen ihres Reiches. Üblicherweise wurden die Tiere getötet und die Drüse entfernt. Erst im 20. Jahrhundert begann man mit Versuchen, lebenden Moschushirschen in Farmen das Sekret zu entnehmen.
Der Begriff „Moschus" wird heute auch auf Drüsensekrete anderer Tiere und auch auf Pflanzensäfte angewandt, die einen ähnlichen Geruch haben. Unter den Tieren sondern Moschusochsen, Moschusböcke, Bisamratten und Moschusenten solchen „falschen Moschus" ab; bei den Pflanzen sind dies die Gauklerblume und der Abelmoschus.
Dieser Artikel oder nachfolgende Abschnitt ist nicht hinreichend mit Belegen (beispielsweise Einzelnachweisen) ausgestattet. Die fraglichen Angaben werden daher möglicherweise demnächst entfernt. Bitte hilf der Wikipedia, indem du die Angaben recherchierst und gute Belege einfügst.
Quelle: Wikipedia,

² Jelängerjelieber oder Geißblatt

³ Ein **Aphrodisiakum** (Mehrzahl *Aphrodisiaka*, Adjektiv *aphrodisisch*) ist ein Mittel zur Belebung oder Steigerung der Libido. Es wirkt spezifisch reizend und anregend auf das sexuelle Verlangen, das sexuelle Lustempfinden sowie manchmal auch auf die Geschlechtsorgane. Ein Aphrodisiakum erzeugt nicht wie bei einem Liebeszauber einen Affekt bei einer begehrten Person. Der Name kommt aus dem griechischen und ist von Aphrodite abgeleitet, der Göttin der Liebe, der zu Ehren der Aphrodite-Kult das Fest Aphrodisia feierte und nach der die antike Stadt Aphrodisias benannt war. Ein gegensätzlich wirkendes Mittel wird Anaphrodisiakum genannt.
Quelle: Wikipedia,

[4] **Apokrine Schweißdrüsen**
Die großen **apokrinen Schweißdrüsen** prägen den typischen Eigengeruch eines Individuums. Sie kommen in den Achselhöhlen, um die Brustwarzen herum (Warzenhof), um den Nabel, in der Genitalregion und im Gehörgang vor. Durch psychische Reize angeregt, sondern die **knäuelartigen Drüsen** ein fetthaltiges, trübes **Sekret** in die trichterförmigen Öffnungen der Haarfollikel ab. Die **apokrinen Drüsen** gehören zum so genannten Follikelapparat des Haares.

Apokriner Schweißgeruch
Das Sekret ist kein Schweiß im eigentlichen Sinne. Die Bezeichnung apokrine Drüse ist daher besser gewählt. Gesteuert wird die Ausscheidung durch körpereigene Hormone. **Sie beginnt erst in der Pubertät.** Im Alter ist sie wiederum eingeschränkt.
Das frisch abgesonderte Sekret ist zunächst **geruchlos**. Erst seine Zersetzung durch Bakterien an der Hautoberfläche lässt den typischen "**apokrinen Schweißgeruch**" entstehen.

Akkrine Bromhidrosis
Unter bestimmten Umständen kann die ekkrine Schweißsekretion, die normalerweise völlig geruchlos ist, einen unangenehmen Geruch verursachen und somit die Krankheitsform der ekkrinen Bromhidrosis begründen. Wenn ekkriner Schweiß Keratin aufweicht, kann durch den bakteriellen Abbau des Keratin ein fauliger Geruch entstehen. Auch das Konsumieren einiger Lebensmittel, darunter z.b. Knoblauch, Zwiebeln, Curry oder Alkohol sowie die Einnahme bestimmter Medikamente (z.b. Penizillin oder Bromide) und auch Toxine können eine ekkrine Bromhidrosis verursachen. Schließlich kann die ekkrine Bromhidrosis auch metabolische oder endogene Ursachen haben.
Welche Rolle die übermäßige ekkrine Sekretion in der Pathogenese der Bromhidrosis spielt, ist unklar. Eine Hyperhidrosis kann die Ausbreitung des primär geruchsverantwortlichen apokrinen Schweißes durch die Schaffung einer feuchten Umgebung und somit eine bakterielle Überwucherung fördern. Andererseits kann eine ekkrine Hyperhidrosis auch die Geruchsabnahme bedingen, weil der ekkrine Schweiß den übermäßigen apokrinen Schweiß wegspült.

Bromhidrosis Ursachen
Schweiß und Bakterien – fatale Geruchsmischung

Frischer Schweiß ist nahezu geruchlos. Erst durch den Abbau langkettiger Fettsäuren zu kleineren Molekülen wie Ameisensäure oder Buttersäure wird der typische Schweißgeruch erzeugt. Für diese chemische Umwandlung sind Bakterien der Hautflora verantwortlich.
Talgreiche Hautregionen, wie zum Beispiel Stirn, Nase und Nasolabialfalten, werden überwiegend von lipophilen, also fettliebenden Keimen besiedelt. Dazu zählen die schon erwähnten Coryne- und die Propionibakterien, aber auch bestimmte Staphylokokken.
Die Bakterien vermehren sich in den Schweiß- und Talgdrüsen, gelangen durch diese Sekrete auf die Hautoberfläche und besiedeln uns dadurch vom Kopf bis zu den Zehenspitzen. Zu den häufigsten Hautkeimen zählt Staphylococcus

epidermidis, der friedlich auf uns lebt und als Infektionserreger so gut wie keine Bedeutung hat.

Friedliche und nützliche Mehrheit
Die Mehrzahl der Mikroben, die unsere Haut besiedeln, sind für uns entweder harmlos oder, aus verschiedenen Gründen, auch sehr nützlich - nicht nur, um pathogene Keime von außen abzuwehren. Milliarden von Kleinstlebewesen sorgen zum Beispiel auch für den uns eigenen Geruch, der eine wichtige Rolle im sozialen und sexuellen Miteinander spielt und individuell verschieden ist.

Sie sind aber ebenso dafür verantwortlich, dass wir nicht besonders gut riechen, wenn wir schwitzen; denn Bakterien zerlegen durch ihre Enzyme Fettsäuren und andere Komponenten des an sich geruchlosen Sekretes aus den Schweißdrüsen und produzieren dabei Ammoniak und andere streng riechende Verbindungen.

Krankheiten - stoffwechselbedingter Körpergeruch
Stoffwechselerkrankungen sind Krankheiten, welche durch Störungen einer oder mehrerer Stoffwechselwege entstehen.

Für jeden Stoffwechselschritt ist ein bestimmtes Enzym zuständig. Enzymdefekte wirken als Ursache der Stoffwechselstörungen. Sie führen in der Regel zu einer Anreicherung von Substraten, sowie zur Bildung so genannter Intermediärprodukte, welche sich im Organismus anreichern. Außerdem kann ein Mangel an bestimmten Stoffwechselprodukten auftreten. Durch diese biochemischen Vorgänge werden die eigentlichen Krankheitserscheinungen ausgelöst.
Meist werden unter Stoffwechselerkrankungen nur angeborene Störungen aufgezählt. Stoffwechselstörungen können aber auch erworben sein. Stoffwechselerkrankungen können den Fettstoffwechsel, den Kohlenhydratstoffwechsel, den Eiweißstoffwechsel oder den Mineralstoffwechsel betreffen.
Entnommen: *www.bromhidrosis.de/stoffwechselstoerung.html*

[5] Der Text ist absolut authentisch. Allerdings von heute: Er wurde 2013 einer Google-Zuschrift entnommen. Vielleicht finden sich durch die Zitierung an dieser Stelle Leser, die sich mit der Autorin in Verbindung setzen möchten. Aus dem gleichen Grunde, eventuellen Leidensgenoss(inn)en von Odile zu helfen oder andere Leser zu informieren, die das Problem interessiert, wurden zusätzlich auch die beiden nachfolgenden, in Google bzw. Wikipedia gefundenen Artikel hier im Anhang angefügt.

[6] **Bromhidrosis**
Die **Bromhidrosis** oder **Bromhidrose** (griech. βρῶμος (*brômos*) ‚Bocksgestank der Tiere'; ἱδρώς (*hidrós*) ‚Schweiß'[1]) oder **Osmidrose** (altgriech. ὀσμή *osmē* ‚ich rieche') ist eine Sonderform der Hyperhidrosis, bei der der vermehrt produzierte Schweiß die Hornschicht der Haut ständig durchfeuchtet und die Vermehrung der ortsständigen Keimflora begünstigt. Mit dem Abbau des Keratins der Hornhaut entstehen kurzkettige Fettsäuren und

Amine und damit ein unangenehmer Körpergeruch, vor allem im Bereich der Leistenregion, Achselhöhlen und Füße (Zehenzwischenräume) wie auch anderen intertriginösen Arealen. Auch die Kopfhaut kann einen unangenehmen Geruch aufweisen, der meist weniger stark wahrgenommen wird, vermutlich weil sich hier die entsprechenden „Duftstoffe" trotz der Behaarung noch relativ schnell verflüchtigen.
Der aus den Duftschweißdrüsen stammende apokrine Schweiß oder Talg wird ebenfalls durch Bakterien in Fettsäuren und Amine verstoffwechselt, was zu einem starken Geruch führt. Je nach Zusammensetzung riecht es muffig, ranzig, säuerlich und ist für die Betroffenen stark belastend und führt häufig zu psychischen Problemen. Obwohl sie sich mehrmals am Tag waschen, bleibt die Angst „zu riechen", was sich bis zu Geruchswahnvorstellungen als besonderer Form einer Dysmorphophobie steigern kann. Von Außenstehenden wird ein starker Schweißgeruch allerdings in der Regel als mangelnde Hygiene interpretiert.
Apokrine Duftdrüsen werden von adrenergen Nervenfasern innerviert, so dass besonders bei Stress eine erhöhte Schweißproduktion zu bemerken ist, womit die Aussage verständlich wird, dass man „Angst" riechen" könne, wobei es sich hier um die Signalverarbeitung unterhalb der bewussten Wahrnehmungsschwelle und somit nicht um eine Bromhidrose handelt.
Therapeutisch wirksam können hygienische Maßnahmen in Verbindung mit einer lokalen Antisepsis z.B. mit 70 %igem Alkohol sein, was zu einer Dezimierung der Problemkeime und damit zumindest zu einer Verbesserung der Geruchsbildung führen kann. Beim großen Teil der Fälle ist diese Form der Therapie jedoch unwirksam.
Mit der Behandlung von Botulinumtoxin können nur die ekkrinen Schweißdrüsen temporär funktionslos gemacht werden. Allerdings können durch eine Saugkürettage eine Menge, aber nicht alle der Schweißdrüsen (sowohl apokrine als auch ekkrine) dauerhaft entfernt werden.
Als „Störung" der ekkrinen Schweißdrüsenfunktion kann eine Bromhidrose auch durch die Beimengung verschiedener Substanzen wie etwa Dimethylsulfoxid (DMSO; mit einem knoblauchartigen Geruch) entstehen.
Quelle: Wikipedia,

[7] Der Brief ist natürlich in französischer Sprache verfasst. Der Leser möge verzeihen, dass der Autor dieses Buches sich außer Stande sieht, die so außerordentlich kultivierte Form des typischen Briefstils gebildeter Franzosen adäquat ins Deutsche zu übertragen.

[8] Vgl. Hanns Hatt, Regine Dee: Niemand riecht so gut wie du – die geheimen Botschaften der Düfte, Piper Verlag 2008, S. 72 f.:
„Die komplette persönliche Duftnote eines Menschen kann – wie in der DDR praktiziert – eingesammelt und vakuumverpackt über Jahre gelagert werden. ... Nach der Wende wurden über 1000 ordentlich sortierte Einweckgläser mit Duftproben in entlegenen Schuppen in Berlin und Leipzig gefunden.

[9] **Riechvorgang**:
Duftstoffe, also Duftmoleküle gelangen mit der Atemluft in die Nase, werden von der Nasenschleimhaut aufgenommen und von deren wässrigem Schleim an die Riechsinneszellen geleitet. Diese verwandeln die Duftinformation der Duftmoleküle in elektrische Signale, die ins Hirn („Riechhirn") geleitet werden. Vgl. Hanns Hatt, Regine Dee: Niemand riecht so gut wie du – die geheimen Botschaften der Düfte, Piper Verlag 2008, S. 45 ff. und die eingefügten Abbildungen zwischen S. 160 und S. 161

[10] Die **olfaktorische Wahrnehmung** (lateinisch *olfacere* ‚riechen'), auch **Geruchssinn, olfaktorischer Sinn** oder **Riechwahrnehmung**, bezeichnet die Wahrnehmung von Gerüchen. Der komplexe Geruchssinn wird erforscht von der Osmologie oder auch Osphresiologie.
Daran sind zwei sensorische Systeme beteiligt: das olfaktorische und das nasal-trigeminale System. Geruch und Geschmack interagieren und beeinflussen sich gegenseitig. Der Geruchssinn ist der komplexeste chemische Sinn. Die Geruchsrezeptoren der Wirbeltiere sind in der Regel in der Nase lokalisiert. Der Geruchssinn ist bei der Geburt vollständig ausgereift. Eine weitere Eigenschaft des olfaktorischen Systems beim Menschen ist, dass es alle 60 Tage durch Apoptose erneuert wird. Dabei sterben die Riechzellen ab und werden durch Basalzellen erneuert. Die Axone wachsen dabei ortsspezifisch, das heißt die neuen Axone wachsen an die Stellen, die durch die alten frei werden.
Quelle: Wikipedia,

[11] **Schnuffeltuch**: Familiäre Bezeichnung für jenen schmuddeligen unverzichtbaren Lumpen, ohne den, obwohl er vermutlich nach Erbrochenem riecht, nicht gewaschen werden darf, kleine Kinder nicht schlafen gehen wollen.

Ferner in der Reihe Bordesholmer Edition erschienen:
Stand: Juni 2014

Bd. 1: Das Grab auf der Insel
Der erste Bordesholmkrimi
von Jürgen Baasch, Lydia Glaubke, Charlotte Günther,
Ines Reich und Hartmut Wiedling
ISBN 978-3844800067   172 Seiten   Preis 9,90€

Bd. 2: De Borsholmer Jedemann
Hugo v. Hofmannsthal sien Stück,
in't Plattdüütsche sett vun Jürgen Baasch
ISBN 978-3848218066   128 Seiten   Preis 8,90€

Bd. 3: Das Licht
und andere Erzählungen
von Jürgen Baasch, Kirsten Frahm,
Viktor Vogt und Hartmut Wiedling
ISBN 978-3848227112   136 Seiten   Preis 8,90€

Bd. 4: Krimidinner
Kriminalroman
von Hartmut Wiedling
ISBN 978-3848219711   260 Seiten Preis 14,90€

Bd. 5: Schmalsteder Beifang
Der zweite Bordesholmkrimi
von Jürgen Baasch, Silvia Biener, Charlotte Günther,
Diana Kühl und Hartmut Wiedling
ISBN 978-3-8482-2419-7   164 Seiten   Preis 9,90€

Bd. 6: Murmelspiel und Schabernack
Alltagsgeschichten aus unserer Nachkriegskinderzeit
Biografische Reihe, Hrsg. Jürgen Baasch
ISBN 978-3848241415   168 Seiten Preis 10,90€

Bd. 7: Biografische Splitter
Biografische Reihe, Hrsg. Elmer Schmidt und Jürgen Baasch
ISBN 978-3732230983   138 Seiten   Preis 9,90€

Bd. 8: Doppelbilder - Vier Paare, acht Geschichten und ein Gastspiel
9 Erzählungen
von Hartmut Wiedling
ISBN 978-3842342118   136 Seiten Preis 8,90€7

Bd. 9: Ein Haus wird Hundert
Geschichten zur Geschichte
von Franz Rohwer
ISBN 978-3732254576,   88 Seiten Preis 8,50€

Bd. 10: Lotosblüte
Der dritte Bordesholmkrimi
von Jürgen Baasch, Kirsten Frahm, Charlotte Günther,
und Hartmut Wiedling
ISBN 978-3732286584   176 Seiten   Preis 9,90€

Bd. 11: Rezepte für die faule Hausfrau
Kleines Kochbüchlein ohne Anspruch auf Michelinsterne
von Durannimo von der Wied
ISBN 978-3732286287   52 Seiten   Preis 3,90€

Bd. 12: Letztes Jahr
Satirischer Endzeitroman
von Hartmut Wiedling
ISBN 978-3-732289400   156 Seiten   Preis 9,90€

Bd. 14: Krimiwanderungen
von Jürgen Baasch, Kirsten Frahm, Charlotte Günther,
und Hartmut Wiedling
ISBN 978-3-735759795   52 Seiten   Preis 4,90€

Bd. 16: Wenn Papa lange wegfährt
Ein Bilderbuch für Kinder
Von Kristina Dohrn
ISBN 978-3-735723086   24 Seiten   Preis 13,90€

Bordesholmer Edition
eine Reihe für Autoren von Bordesholm und Umgebung
Herausgeber: J. Baasch und H. Wiedling, Bordesholm
bordesholmer.edition@yahoo.de